每一時代與土地，都有屬於斯土斯民心靈上的「原鄉」，這個原鄉有如藏寶盒，珍藏了屬於那個時代與土地的情感印記、生活記憶和吉光片羽，這是留給後人最美好的資源。將此資源記錄下來，然後再彙編成冊，這就成了美麗動人的文學篇章。
吟遊府城
臺南青少年文學讀本
現代詩卷
U0023637
我們一直孳生也一直滅亡
在鹽分地帶
我們雖然粗糙，雖然卑微
但我們堅持
是一群永恆的自由顆粒
在貧瘠的土地上發光
——林佛兒〈鹽分地帶〉
全系列
小說卷 李若鶯／主編
散文卷 王建國／主編
現代詩卷 吳東晟／主編
臺語詩卷 施俊州／主編
民間故事卷 林培雅／主編
兒童文學卷 許玉蘭／主編
讀物
故事府城
戀戀府城
少年府城
吟遊府城
文學府城
說幻府城
臺南印象

臺南青少年文學讀本

現代詩卷

吳東晟◎主編

《臺南青少年文學讀本》局長序

藝文輝光無不照，文學花果正豐茂

提升生活品質，乃是人類社會無止境的追求，其動力則來自文化的陶冶。而文學正是文化陶冶的重要途徑之一，也是表現文化內涵的精髓和根本之所在。福樓拜曾說：「文學就像爐中的火一樣，我們從人家那裡借得火來，把自己點燃，然後再傳給別人，以致為大家所用。」現在，我們所推動的青少年文學讀本編選工作，正是追隨文學先賢的步履，點燃文學薪火，再一代一代傳遞下去。

有些書只須淺嚐低品，有些書可以囫圇吞下，有些書則值得咀嚼細品。這些值得咀嚼細品的書，就是本局出書所懸的標準，也是本局所欲達到的目標和臻至的境地。對青少年而言，最值得咀嚼細品的書，自然非文學書莫屬了。因此，我們秉持著「植根臺灣鄉土，擷取臺南文學」的原則，編輯了這套適合青少年閱讀鑑賞的叢書——《臺南青少年文學讀本》。此書一套凡六冊，主要目的是讓文學及文學教育能「向下扎根，向上開花」，最終開創「藝文輝光無不照，文學花果正豐茂」的境界。

追本溯源，文學乃起源於我們對人間生命的熱愛，對幽微人性的探索，對廣大社會的關注，對鄉土情懷的摯愛，因而加深了文學悠遠的意境、雋永的哲思和智慧的火花，也加深了文學的感動力、感召力和感染力。文學，由於注入了活生生的生命和感情，因而使文學具有「將抽象事理化為具象敘述，將平實文字變成波瀾文章」的魅力。但每一種文類創作時，卻又有自身的特質和要求。如以本套書文類為例，短篇小說卷重在生動故事的敘述，散文卷重在聞見思感的描寫，現代詩卷和臺語詩卷重在文采節奏的抒情，兒童文學卷重在童稚語言的表現，地方傳說卷重在口頭傳聞的紀錄。以上所述，即見出文類寫作的不同旨趣。

為了透過文學讀本積極落實國民教育的語文學習工程，讓青少年認識本地的作家作品，再透過作品了解自己的土地。一〇五年三月陳益源教授在臺南市文學推動小組會議中提案，編輯《臺南青少年文學讀本》，由陳昌明任召集人，各卷主編人如下：

- 小說卷　李若鶯主編
- 散文卷　王建國主編
- 現代詩卷　吳東晟主編
- 臺語詩卷　施俊州主編
- 兒童文學卷　許玉蘭主編
- 民間故事卷　林培雅主編

文學讀本選文時，凡本籍、出生地為臺南，或長期居住臺南者，均視為臺南籍的作家。我們選文重點之一，特別重視時代性，此即「文章合為時而著，詩歌合為事而作」。從日治時代以至當代為止的作家作品，尤其注重從年輕一輩新創作家挖掘，以更符合這個時代年輕人閱讀的作品。這些作品經過時間的選汰、淘洗、精煉，自然而然就成為我們社會共同的記憶和資源。所選作品基本上以符合青少年的閱讀為主旨，並不只以臺南名家作品為依歸。作品如有不適合青少年閱讀者，則加以調整，儘量選擇能表現或彰顯臺南地理環境、歷史源流、民情風土、文化底蘊、人文風貌的作品。本套書體例是每篇選文包括「文選、作家小傳、作品導讀」三部分。

每一時代與土地，都有屬於斯土斯民心靈上的「原鄉」，這個原鄉有如藏寶盒，珍藏了屬於那個時代與土地的情感印記、生活記憶和吉光片羽，這是留給後人最美好的資源。將此資源記錄下來，然後再彙編成冊，這就成了美麗動人的文學篇章。如此代代傳承下去，或成為懷舊的故事，或成為經典的作品，永遠給人們帶來無可取代的感動。也正是這些感動，生發出世世代代美不勝收的人文風景。此情此景，何嘗不是我們的目標和憧憬呢！

臺南市政府文化局局長　葉澤山

《臺南青少年文學讀本》顧問序

陳益源

臺灣以縣市為單位的區域文學讀本，稍早有《苗栗文學讀本》（六冊，苗栗縣文化局，一九九七）、《臺中縣國民中小學臺灣文學讀本》（七冊，臺中縣文化局，二〇〇一）、《彰化縣國民中小學臺灣文學讀本》（九冊，彰化縣文化局，二〇〇四）、《高雄縣國民中小學臺灣文學讀本》（五冊，高雄縣文化局，二〇〇九）等。

二〇一六年四月，《雲林縣青少年臺灣文學讀本》（五冊）又由雲林縣政府文化處出版，本人忝為該項計畫的主持人，當時正被文化部借調國立臺灣文學館擔任館長，因此特別在五月十四日於臺文館安排了一場新書發表會暨各縣市青少年臺灣文學讀本的編纂理念說明會，邀請《雲林縣青少年臺灣文學讀本》的顧問（吳晟、路寒袖）、各分卷主編和學者專家、各縣市文化局代表齊聚一堂，進行經驗分享與意見交流。

「了解是關懷的基礎」，詩人吳晟當天在接受民視新聞訪問時說：「你對我們自己所賴以安身立命的地方不了解，那你要從何去培養你的關心？」所以他不斷大聲疾呼應該編纂在地文學讀本，落實文學教育；又因「臺灣各縣市的人文、地理、產物……，各有不同的特色、不同的動人故事，因而孕育了多樣的文學現象」，所以各縣市的文學讀本都可以有適合當地文學現象的彈性編法。我們一致希望能推動更多縣市編纂自己的青少年臺灣文學讀本，讓各縣市子弟從小就有機會接觸自己家鄉的作家，了解自己家鄉的文學，進而真正關懷自己的家鄉。

這樣的理念，很快得到了一些迴響，二〇一七年三月，屏東縣政府與國立屏東大學合作出版了《屏東文學青少年讀本》的新詩卷、小說卷、散文卷三冊。於此同時，臺南市政府文化局葉澤山局長亦已委託陳昌明教授召集《臺南青少年文學讀本》編輯會議。經過了近一年的精挑細選，《臺南青少年文學讀本》現代詩卷、臺語詩卷、兒童文學卷、民間故事卷、散文卷、小說卷即將於二〇一八年七月問世。

臺南市政府文化局積極打造府城為文學之都，每年盛大的臺南文學季活動內容精彩，同時也有計畫地要讓府城文學走向世界（例如文學大老葉石濤短篇小說的越南文譯本，二〇一七年十二月他老人家逝世九周年前夕要在河內隆重推出），現在又有了《臺南青少年文學讀本》的在地向下扎根，我們相信此舉必能讓府城子弟透過在地文學的閱讀而更加了解臺南、肯定自我，並且可望再為府城文學開更多的花，結出更多的果來。特撰此文，以申賀忱。

二〇一七年十一月於成大中文系

《臺南青少年文學讀本》召集人序

陳昌明

點燃閱讀的樂趣

臺灣文學近二十年來，在研究、整理、出版上都有豐碩的成果，但在青少年文學讀物的領域，卻是長期的匱乏。這是因為國小進入中學以後，升學壓力日重，學生無暇顧及課外讀物，而家長重視子弟課業，也不鼓勵小孩閱讀課本以外的書籍。於是我們的教育，長期陷入閱讀貧乏的窘境，學生只能注視課本裡的作者、題解、注釋，長期記憶背誦為考試而讀書，終讓閱讀成為學子的畏途。所以我們的學生閱讀興趣低落，閱讀素養不足，離開學校以後，再也不閱讀。

因此，臺灣青少年文學缺乏市場，本土青少年讀物嚴重不足，已經形成嚴重的閱讀危機。青少年找不到閱讀樂趣，影響的是終身的品味。編選優良的青少年讀物，固然有助於推動青少年的閱讀，但如何在家庭與校園產生影響，才是推動閱讀成敗的決定性因素。

近年來從高中到大學的學測，逐漸重視「素養」，不再以課本語文教材為範圍，正是新一波推動閱讀的契機。如果家長與教師能體認此新趨勢，讓青少年的閱讀擴大眼界與範圍，那麼此時編選臺灣青少年讀本，正得其時。葉澤山局長去年提出編選臺南市青少年文學讀本的構想，我與陳益源即著手規劃此套叢書的架構，以及選擇各冊適當的主編。我們邀請了林佛兒、王建國、吳東晟、施俊州、許玉蘭、林培雅擔任編選委員，分別負責主編短篇小說、散文、現代詩、臺語詩、兒童文學、民間故事等各卷工作，各卷內容大抵從日治時期新文學興起，以至當代青年文學家的作品。此套書並特別規劃了臺語文學與府城地方傳說，突顯臺南文學的特色。系列作品不僅可讓學子們同時觀賞臺南文學的優雅、清新、華麗、通俗等各種風格，更讓讀者初探臺南文學的歷時性發展，是一套豐富可讀，有其深度的作品集。去年林佛兒老師意外仙逝，文壇咸感悲痛，林老師短篇小說卷原已初編完成，後續工作則感謝其夫人李若鶯教授接手。

府城作為臺灣文化的發源地，《臺南青少年文學讀本》的出版，不僅供臺南市青少年可以閱讀，也適宜做為臺灣青少年文學的共同讀本。所以本套叢書在選材上，有幾個條件：

一、選文具代表性，難易程度適合青少年閱讀。

二、內容具教育意義，文學特性讓讀者有潛移涵養的功能。

三、選文能讓讀者了解臺灣歷史社會背景，充實相關文化知識。

各卷主編在選文過程，都投入相當多時間與精力，每篇選文之後，都加上適度的解說，對於讀者有基本的導讀功能。希望這套經過各冊主編精心編選的讀本，能夠啟迪讀者，重新點燃青少年的閱讀樂趣。

主編序

吳東晟

這是一本為臺南青少年編選的臺南現代詩選。

原本編者導言，就是一本書中最無必要的部分。然而，為了便於讀者快速掌握，也為了編者的自我回顧及對讀者負責，此處不憚辭費，藉著導言的篇幅，談談此書編輯的種種考量與想法。

在確立本套叢書的選文原則時，各卷的編輯委員取得共識：以人、以作品為主，而不是以題材、以地點為主。入選的作者必須是臺南人、或者具有臺南經驗的人。除了生於斯長於斯的臺南詩人外，雖是臺南人但自小離鄉，或者不是臺南人但曾在臺南求學／工作／居住者，都在候選的範圍之內。至於來臺南旅遊的外地人，即使詩作素材來自臺南景點或故事，也會被排除在選集之外。

這個原則的用意在介紹臺南的詩人給青少年讀者。抱著人不親土親的心情，認識家鄉的作者們。在作者介紹的說明文字中，都可以看到每位作者與臺南的關係。

臺南詩人直接以詩書寫臺南的，數量不多。刻意以臺南的地點、人物、故事為創作題材，除了部分極具自覺的人，其他的可能比較是為了嚮應文學獎的宗旨而寫。一般來說，對一個地點感覺到新奇，把它當成寫作題材，大部分都是發生在旅遊的時候。能夠寫出地方特色的人，常常是外地的旅客，而不是本地居民。本地居民雖然不會刻意寫地方特色，但作品中的生活經驗，往往是本地經驗。例如黃玠源〈躲在回憶的蛤殼裡〉一詩，藉蛤寫人，把人的那種保護自己、害怕變化、害怕受傷、嚮往溫暖、而又忍受孤單的心情，透過蛤蜊自述表達出來。這與作者住在七股，經常在生活中觀察到蛤有關。又如孫得欽〈電梯〉一詩，用電梯寫神性的啟示無所不在，人們可能在無意中參與創造神蹟。電梯雖然不是臺南的特色，但也不是臺南人感到陌生的事物。因此，本詩選雖是以人為主，其中仍然保留了很多臺南特色——至少讀了不覺得有異國情調——的詩作。

為了尋找臺南的作家，編者朝著幾個方向去搜尋。除平日閱讀範圍所及，作家作品集與各種詩選也是編者搜尋的目標。臺南的文學獎雖然選拔很多作家，但是這些作品一般篇幅較長，只能忍痛割愛。

本書完稿之際，編者清點收入本書的作者群，大概可分為以下幾大類：

日治時期風車詩社作者群　風車詩社是臺灣第一個超現實主義詩社。在日治時期的寫實文學主旋律下，風車詩社並未受到應有的重視。終戰後，日治時期的文學成就更被刻意忽視長達四十年。近二十年來，學界重新整理此時期的文學成果，在學者呂興昌、編輯羊子喬、翻譯家陳千武、月中泉、葉笛等各界人士的努力下，日治時期的風車詩社重新為人所重視。將臺灣的超現實主義傳統的源頭，從戰後的創世紀詩社，一舉拉到戰前的風車詩社。本書選入水蔭萍、利野蒼、林修二等人詩作，以見此文學理念之一斑。

鹽分地帶詩人群　日治時代的臺南州北門郡包含北門庄、學甲庄、將軍庄、七股庄、西港庄、佳里街等六個街庄。此處文風鼎盛，新舊文學兼備。新文學方面，在日治時代就成立了「臺灣文藝聯盟佳里支部」，匯集郭水潭、吳新榮、王登山、林芳年等一批作家，他們又被稱為「鹽分地帶作家」。終戰後，臺灣行政區劃繼承日本，但取消郡級，街庄也改為鄉鎮市區。現在的北門六鄉鎮，即所謂的鹽分地帶，包括月中泉、林佛兒、林仙龍、李若鶯、謝武彰等人在內都是鹽分地帶作家。

笠詩社、文學臺灣、新地文學作者群　六〇年代，臺灣有三大詩社：現代詩、藍星、創世紀。三大詩社的作者群均以外省詩人為主。笠詩社的成立，是本土詩人的一大結社，臺南許多作者都具有笠詩社詩人的身分。笠詩社的詩人與高雄的文學臺灣雜誌社性質相近，成員也高度重疊。另外，臺灣最早以民間力量進行兩岸文學交流的新地出版社，在政治敏感封閉的年代就已經精選引進中國大陸的當代文學，並且重視臺灣本土文學的深耕。新地出版社的郭楓與許達然兼具笠詩社詩人的身分，反對政治力量對文學的干預，主張以文學參與社會關懷。這個作者群有陳秀喜、王憲陽、郭楓、葉笛、許達然、龔顯榮、鄭炯明、羊子喬、利玉芳、李昌憲等。其中如郭楓、王憲陽，均為外省人。

校園作者群　有一批作者，因為來臺南求學而與臺南結緣。在這個地方學習文學，養成對世界的關懷，確立人生的道路。本書的作者群中，有不少人具有臺南的教師或學生的身分。如成大教授馬驄、林梵、陳鴻森、翁文嫻、黃吉川、吳文璋，南臺科大教授惠童，曾就讀或現就讀成大的初安民、孫維民、李友煌、李瓜、施俊州、若驩、陳柏伶、陳瀅州、曾琮琇、黃柏軒、孫得欽、吳俞萱、謝予騰、神神，臺南高工的老師潘家欣。其中不少本身就是土生土長、久居斯地的臺南人。

作家作品集及南瀛新人獎作者群　縣市合併升格前，臺南縣與臺南市每年均出版作家作品集。臺南縣文化中心另外舉辦南瀛新人獎，鼓勵作者出版第一本著作。縣市合併升格後，作家作品集出版並未間斷。本書作者如薛林、何瑞雄、謝振宗、白聆、黃玠源、甘子建，均曾透過這個管道出版詩集。

年度詩選作者群　爾雅出版社從《七十一年詩選》開始每年編輯年度詩選，直到《八十年詩選》為止。《八十一年詩選》起改由現代詩季刊社、創世紀詩雜誌社、臺灣詩學季刊社輪流主持，詩選仍由爾雅發行，直到《九十一年詩選》為止。民國九十二年的年度詩選，改稱《二〇〇三臺灣詩選》，由二魚文化出版社出版迄今。除爾雅／二魚版的年度詩選外，前衛出版社自《一九八二臺灣詩選》起，曾出版四次年度詩選；春暉出版社自《二〇〇九臺灣現代詩選》起，也逐年出版年度詩選至今。本書自年度詩選的入選者中，尋找臺南作家的身影，如斯人、白家華、田運良、鴻鴻、顏艾琳、李癸雲、陳允元、林禹瑄均是。

至於編者耳目所及以及自其他詩選採知的作者尚有袁瓊瓊、龔華、王羅蜜多、胡其德、小蝶、翁月鳳、王厚森、李懷、崎雲等人。袁瓊瓊是著名小說家，早年以筆名朱陵入選女詩人詩選；龔華、胡其德是乾坤詩社的詩人；王羅蜜多、王厚森、崎雲近年活躍於文學獎與論壇，備受矚目；小蝶、翁月鳳平日深居簡出，於《中華日報》發表作品，有多首作品入選向明所編的小詩選集。

上述只是粗分大概，便於讀者認知。實際上很多作者同時橫跨幾個分類。如郭楓既是新地文學的作者，也曾在作家作品集出過詩集；陳鴻森既是成大的客座教授，也是笠詩社的作者，也入選年度詩選；李昌憲既是笠詩社作者群，也是春暉版年度詩選的入選者。

編者選詩之際，有幾個考量影響去取：是否為代表作？是否耐讀？是否有趣可愛？青少年讀者是否感興趣，是否有共鳴，能否觸發他們的思索？原則上入選的詩，均至少符合上述條件的一部分。至於是否好讀易解，並不在編者的考慮範圍之內。原因在於：詩之迷人，恰在可解不可解、似懂非懂之間。與其求好懂，不如求耐讀。詩不是簡訊，它的目的在於感發，而不在傳遞清晰的訊息，更不在展現特定的立場。

為使讀者的閱讀理解能更深一層，編者在每首詩後均附賞析。賞析僅代表編者個人對詩的理解，某種程度也可以說是編者對詩的「再創作」。特別一提的是：編者有時為敘述方便，會將詩中的「我」直接說成是「作者」。但從敘事學的角度來說，「詩中的我」只是「敘述者我」，不能完全等同於「作者我」（舉例來說，李白〈玉階怨〉：「玉階生白露，夜久侵羅襪。卻下水晶簾，玲瓏望秋月。」詩中「敘述者我」是一名女子，並不是「作者我」李白本人）。這些地方還請讀者明察秋毫。

編者的詩學觀念與本土派的前輩與朋友不盡相同。從二〇〇〇年開始旅居臺南十八年，與不同立場的寫詩同好盡可能地求同存異。此次負責編務，深恐因個人偏好而有不周之處。然而完全摒除個人偏好幾乎是不可能的，例如編者不願選用過於憤怒的詩。有幾位以憤怒敢言著稱的詩人，若選其和平溫柔之作，恐失其面目；選其憤怒激昂之詩，又非本人所能苟同。賞析青年作者的詩時，也深恐在解說時顯露出中年心態，而在下筆時猶預不已。多方權衡之下，還是盡可能選擇說服編者的詩，如此也能較好地加以解說。

這部詩選的編輯過程，比原先預想費時許多。如今工程將竣，在此感謝相關人員：謝謝同意授權轉載的詩人。每位入選作者均慨然答允，甚至不計報酬。有的作者及家屬提供相當寶貴的意見，讓編輯過程更加順利，內容也因此更加完善，在此一併致謝。謝謝成功大學陳昌明老師的支持與信任，相信我能完成這項工作。謝謝文化局承辦人員申國艷小姐，這一年來讓您擔心，除感謝外，也備感抱歉。謝謝協助編務的李冠毅同學與廖翊君同學。

最後，作為一個還沒長大的四十二歲青少年，我要將這一年的勞作成果獻給我的父母，祝他們永遠平安健康。

【作者簡介】郭水潭（1907-1995）

臺南佳里人。曾用筆名郭千尺。鹽份地帶具代表性的文學家。曾加入「南溟樂園」、「佳里青風會」、「臺灣文藝聯盟」，與吳新榮籌組「臺灣文藝聯盟佳里支部」。曾出任臺灣新文學社、《華麗島》詩刊、《臺灣文學》的新詩編輯。終戰後任公職後，停止創作。遺作由羊子喬編為《郭水潭集》（臺南縣立文化中心，一九九四年）。

〈廣闊的海——給出嫁的妹妹〉

郭水潭 作／陳千武 譯

妹妹　妳要嫁去的地方是
白色鹽田　接著藍海
在那廣闊的中央突出
羅列的赤裸小港街

那邊　露出來的
家家的　屋頂上
鴿子和麻雀都看不見

那邊　有鹽分的
乾巴巴的　土地上
沒有森林　也沒有竹叢

郭水潭

然而那邊的海濱都有
美麗的貝殼像花散亂著
那邊　有歷史的港口
豎立著紅色戎克的帆柱林
那邊　所有的巷道
都刻有粗暴的腳印

驚奇那些粗笨的風景
耐著　廣闊有變化的生活
還有露出的屋頂　紅戎克帆柱
日日同樣吼叫的季節風
妹妹　妳小小的胸脯
想必會受傷吧

那時　妳必會

想到故鄉的許多事
在夏夜納涼著吃龍眼
聽父親常自誇門第高貴的話
曾經　純樸溫柔地羨慕著

在榕樹下搖籃裡背唱母親的催眠曲
同年的女孩子們　在院子裡玩跳
常在月夜玉蘭花翳下捉迷藏
妹妹　想把那些遺忘而嫁出去
妳的夢　太美了
然而很懂事的
善良的海邊的丈夫
會特別愛護妳
會給妳聽聽新土地的傳說吧
天晴　無風的日子

會溫柔地 牽著妳的手
讓妳撿起海邊美麗的貝殼

佇立在那潔淨的海灘
妳就會知道比陸地
多麼廣闊的海——

【賞析】

一九三六年，郭水潭的妹妹嫁給住在北門的文友王登山，郭水潭為此寫了〈廣闊的海〉這麼一首詩。當時王登山二十四歲，郭水潭的妹妹年紀也不大，對婚姻可能有種不確定的害怕感。因而郭水潭用此詩，為妹妹鉤勒出結婚後的美好生活，讓她不要害怕。

詩中的妹妹是要從熱鬧的府城，嫁去落後的鹽田鄉下。海邊一點都不熱鬧，天天季節風吹拂，「鴿子和麻雀都看不見」。海邊的鄉下人，生活刻苦，沒有城裡人的細緻。妹妹對鄉下「粗笨的風景」一定會覺得很不適應，一定會開始回想城裡的生活：一邊乘涼一邊吃著龍眼、聽著爸爸自誇門第高貴……諸如此類。妹妹雖然害怕，但也認命。她已經暗自決定把小女孩無憂無慮的夢、割捨拋卻了。因此捨不得妹妹的郭水潭，哄妹妹說：海邊鄉下也有美好的事物，那裡有「美麗的貝殼」、「潔淨的海灘」、「新土地的傳說」，最重要的，那裡會有「懂事善良的丈夫」，會好好疼愛他。海，本來就是廣闊的。詩人希望妹妹，面對婚後的新生活，能接受它，愛它，不要害怕。

【作品出處】

此詩原發表於一九三七年大阪《朝日新聞》「南島文藝」欄，原為日文。陳千武中譯後，收於羊子喬、陳千武合編《光復前臺灣文學全集：廣闊的海》，後又收於羊子喬編《郭水潭集》、陳明台編《陳千武譯詩選集》。曾選入黃勁連編《南瀛文學選：詩卷一》、陳黎、張芬齡編《詩樂園》等多種選本。本書據《郭水潭集》選錄。

〈蓮霧之花〉

郭水潭 作／陳千武 譯

院子裡的蓮霧不像那麼大的體格
插上很多小茉莉那樣的花
性急的蜜蜂嗅到了就飛來
開始糟蹋了蓮霧的花
我馬上寫信給海邊的妹妹
今夏　蓮霧的花開滿了
不久　果實會結得滿枝
你就決定六月回娘家好了
那個時候像新鮮的初夏的果實
妹妹啊　能再一次恢復天真的少女了

【賞析】

「自恨尋芳到已遲，往年曾見未開時。如今風擺花狼籍，綠葉成陰子滿枝。」唐代詩人杜牧的這首〈嘆花〉詩，表面嘆的是花，實際嘆的是女子。「未開時」說的是少女含苞待放，「子滿枝」說的是為人妻、為人母，已然兒女成群。

類似的比喻，換到親人的手裡，表現出來的感情就是不一樣。在〈蓮霧之花〉的詩中，郭水潭和杜牧一樣，都以結果實，比喻女子的懷孕生產。但杜牧只是覺得可惜，郭水潭則是備感憐惜。在他心中，妹妹就是一個體格嬌小的小女孩；以花為喻，她就是那種小小的蓮霧之花。這麼小的花，真的能夠結出蓮霧這麼大的果實嗎？詩人覺得「不像」。但如今，蓮霧之花即將結出蓮霧了，妹妹懷孕即將生小孩了。

說到此處，筆鋒一轉，寫信邀請妹妹回家坐月子，讓爸爸媽媽重新照顧妹妹，讓妹妹重新再當一次小女孩。「新鮮的初夏的果實」，原本應該是比喻小嬰兒的，但詩人哥哥卻說，你也是新鮮的初夏的果實，你也回來，再當個天真的孩子吧。

詩中雖然沒有透露太多的細節，卻充滿哥哥對妹妹婚後不捨的感情。郭水潭的妹夫王登山，也是個承受相當大生活壓力的人。郭水潭在〈廣闊的海〉

說他是「很懂事的／善良的海邊的丈夫」，可說是期勉大於稱讚。可以想見，郭水潭的妹妹在結婚以後，承擔的壓力必然很大。而回娘家坐月子，正好是可以暫時鬆一口氣的時候。郭水潭用〈蓮霧之花〉這首詩，向妹妹表達了娘家家人的無條件支持。

【作品出處】

此詩發表於一九三七年六月十五日的《臺灣新文學》雜誌。原為日文，陳千武中譯後，收入《光復前臺灣文學全集：廣闊的海》。後又收入《郭水潭集》、《陳千武譯詩選集》。曾選入陳黎、張芬齡編《詩樂園》等選本。本書據《郭水潭集》選錄。

【作者簡介】吳新榮（1907-1967）

字史民，號震瀛、兆行，晚號琑琅山房主人，臺南蕭壟（今臺南將軍）人。文人、醫師與政治人物，在日治時期曾參與「佳里青風會」及「臺灣文藝聯盟佳里支部」，為「鹽分地帶」作家。光復後曾擔任臺南縣參議員。二二八事件發生時，遭逮捕入獄。後來投身於地方文史工作，曾擔任臺南縣文獻委員會編纂組組長，並主編《南瀛文獻》。遺著有《吳新榮全集》（張良澤編，遠流出版社，一九八一年）、《吳新榮選集》（張良澤、葉笛譯，呂興昌編，臺南縣立文化中心，一九九七年）、《吳新榮日記全集》（張良澤編，國立臺灣文學館，二〇〇七年）。

〈贈年輕的詩人〉

吳新榮 作／葉笛 譯

睥睨被虐待的希臘
於自己腳下
拋棄羽毛筆手執長劍的是
誰吶
啊，年輕的拜倫卿
倒臥於沙場已久

眺望將滅亡的明朝
於那遠方
燒掉青衿以戰袍裹身的是
誰吶!?
啊啊英明的國姓爺*
化為東海之露已久

年輕的詩人們呦
即使受過幾度靈火的洗禮
即使被捲進幾度逆流的怒濤
如果有到達彼岸的那個日子
去吧去吧走向鬥爭的戰場
直到在你墓前綻開劍之花

＊譯註：指鄭成功，因南明的唐王朱聿鍵賜他以國姓朱之故

【賞析】

真正的英雄，面對明知不可逆轉的命運，也不輕易向它低頭。英雄擔起責任，放下詩人的身分，或者如拜倫拋棄羽毛筆，或者如鄭成功燒掉儒服，義無反顧地走向戰場最後死去，「倒臥於沙場」、「化為東海之露」。

放下詩人身分的英雄，以一生回報成一首詩。他們「走向鬥爭的戰場」、

「在你墓前綻開劍之花」。墓前的劍之花就是用精彩一生寫成的作品。詩的題目是〈給年輕的詩人〉，年輕的詩人，你們要知道真正的詩是什麼，什麼是當初打動我們、令我們熱切追求的。成為一個詩人，不是成為一個鄉愿；成為一個永遠的反抗者，不是學會妥協的舞步。妥協的舞步，在前進後退的社會之舞中，無止境地縮小自己、步步後退，失去向強權宣戰的勇氣。這種勇氣在年輕詩人身上應該要有，也應該要永遠保留操存下去。

【作品出處】

〈贈年輕的詩人〉發表於一九二九年十一月《蒼海》創刊號，是吳新榮最早發表的日文詩五首之一。經葉笛中譯後，收入《吳新榮選集》第一冊，並收於《葉笛全集》第十冊。本書據《吳新榮選集》選錄。

〈在月下認識〉

吳新榮 作／葉笛 譯

隨著劍炮的餘韻
真實的詩會產生
隨著機械的韻律
真正的歌會誕生

因為這樣想
我寫著生命之詩
因為這樣想
我吟唱生活之歌

讓硬化的神經
給月光軟化
讓石化的頭腦

給夜露冷卻

【賞析】

據吳新榮本人的記錄，此詩發表於一九三五年《臺灣文藝》。據學者柳書琴所編〈吳新榮戰前作品年表初編〉所稱，遍查該誌，並未查到此詩。然而此詩收在吳新榮自編詩稿《震瀛詩集》（未出版）的第二卷，該卷收的是吳新榮在鹽分地帶時期的作品。因此，此詩的寫作時間，在一九三五年前後，大致可以肯定。

這是一首論詩詩。全詩的三個段落，各有兩組對立的觀念。第一段是「真正的詩」與「真正的歌」對立，「劍炮的餘韻」與「機械的韻律」對立；第二段是「寫著生命之詩」與「吟唱生活之歌」對立；第三段則是「軟化」與「硬化的神經」對立於「冷卻」與「石化的頭腦」。

兩兩對立的觀念，應該有著一正一副的關係。對具有左翼色彩的青年吳新榮來說，真正的詩，是生命之詩，是思想的武器。詩人有鮮明的創作意識，詩是用來戰鬥的。但戰鬥的對象是誰呢？從第三段來看，是「硬化的神經」。神經跟頭腦最大的差別在於，前者可能還有一個靈活的頭腦，只是神經硬化了，而後者是連頭腦都石化，冥頑不靈。硬化的神經與石化的頭腦，就是啓蒙思想所要挑戰的僵化傳統。而戰鬥者對硬化神經的挑戰方式，是軟化它、使它重新恢復傳導的功能。

客觀地說，詩也有唯美抒情以及從生活中自然流露的情調。然而這一種放鬆的詩在吳新榮身上，卻是「隨著機械的韻律」所誕生的「真正的歌」，這顯然反映出吳新榮自覺到身處在一個嶄新的時代。隨著工業革命的發展與殖民主義的興盛，世界各地在殖民帝國的帶領下先後走向現代化。「生活之歌」反映的正是工業革命以來的現代生活，所以是歌頌機械的，不再是傳統農業文明主導下的生活樣貌。而這種生活的歌，同樣能冷卻石化的頭腦，給現代人的心靈一劑清涼。

詩是有創作意識的主導者，歌是自然流露的副產品。在嶄新時代的衝擊下，詩人對文學創作有明晰的使命，也希望自己的作品能自然而然地反映所處時代的真實樣貌。

【作品出處】

此詩原為日文，經葉笛中譯後，收入《吳新榮選集》第一冊，並收於《葉笛全集》第十冊。本書據《吳新榮選集》選錄。

【作者簡介】水蔭萍（1908-1994）

本名楊熾昌，臺南人。日治時代重要詩人，與林修二、李張瑞、張良典等發起風車詩社，提倡超現實主義詩觀，為現代派詩運動的開臺祖。著有詩集《熱帶魚》、《樹蘭》、《燃燒的臉頰》；小說集《貿易風》、《薔薇的皮膚》；評論集《洋燈的思惟》；隨筆集《紙魚》。一九九五年由臺南市立文化中心整理為《水蔭萍作品集》，由葉笛翻譯、呂興昌主編。

〈燃燒的臉頰〉

水蔭萍 作／葉笛 譯

這亞麻色日落下
落葉的手套在舞
胸上、臉頰上
風在口袋中溫暖著

秋霧
把街燈用柔軟的花瓣包住
連同恨和悔
流動的微笑裡
臉頰為高峻的孤獨燃燒
名字都忘掉的小蔓草花紋
耳朵傾聽貝殼的響聲

水蔭萍

砂丘咫尺
獨憐荒涼

【賞析】

日治時期除了鹽分地帶的寫實詩人之外，府城還有一群以超現實主義相號召的詩人。他們組成風車詩社，審美傾向與臺灣文藝聯盟的人迥然不同。

魯迅謔稱舊派言情小說為「鴛鴦蝴蝶派」。如果用這種方法謔稱超現實主義詩人，或許可稱為「薔薇詩派」、「貝殼詩派」。花、貝殼、女性情慾，常常見於風車詩社詩人的作品。為了追求更高層次的現實，超現實主義詩作在用字上會避開表面的現實，如「風在口袋中溫暖著」、「秋霧／把街燈用柔軟的花瓣包住」、「臉頰為高峻的孤獨燃燒」。這些句子如果用表面現實去理解只會讓人感到突兀，但如果把注意力放在文字給人的感覺，又會覺得它比沒有語病的散文句更加深入貼切，也更為簡練。

細讀這首詩，有種殖民地南方詩人的孤獨感。從對秋天落日色調的掌握（亞麻色日落）到海邊城市情調的掌握（街燈、貝殼），在這些情調中，愛與恨悔合流，不再區分。孤獨之人的愛恨悔，是不被注意的，是孤獨的。名字是不重要的。詩人知道有種小蔓草花紋，但不在意它的名字。他只想去聽一種存在於現實但並不現實的聲音，就是貝殼的聲音。

【作品出處】

此詩作於一九三五年三月，收入個人詩集《燃える頰》。原為日文，中譯本有月中泉譯本（收入《光復前臺灣文學全集：廣闊的海》）及葉笛譯本（收入《水蔭萍作品集》，並收入《葉笛全集》第九冊）。其中葉笛譯本曾選入林瑞明編《國民文選．現代詩卷》、馬悅然等編《二十世紀臺灣詩選》、陳允元、黃亞歷編《日曜日式散步者——風車詩社及其時代》等多種選本。本書據《水蔭萍作品集》選錄。

〈秋氣〉

水蔭萍 作／葉笛 譯

秋在咫尺
看每條河都沒有魚
玻璃般的天空　渡鳥
誰囁嚅著——
「到黃昏還有半小時——」

【賞析】

「常見的意象、新穎的詮釋」，水蔭萍的這首〈秋氣〉可說是最適合這樣的評價了。一年之中的秋天與一日之中的黃昏，經常被聯想在一起。儘管春、夏、冬天都有黃昏。但秋天與黃昏，如同一對形影不離的伴侶，經常被聯想在一起。水蔭萍以現代詩詮釋秋天的時候，也沒打算要拆散他們。他寫了秋天與黃昏、河與天空、魚與鳥、時間與空間。沒有魚渡過河，沒有鳥飛過天空。此時此刻大概是下午五點，以冬天來說已經是傍晚了，但以季夏或初秋來說，太陽還很大，天空還像玻璃一樣明亮。詩人讓一個聲音出現：「到黃昏還有半小時。」這個聲音是誰說的並不重要，重要的是它說出了詩人的心聲。是的，五點應該要是黃昏了，但太陽這麼大，離黃昏還有半小時。還沒有黃昏，但馬上要黃昏；就如同還沒有秋天、但秋氣已經是滿滿的了。

鳥飛、魚游，都是空間上的移動。但在這首詩裡，卻配合著時間移動的暗示。人的大腦思維對於已出現的東西，常常無法分辨肯定或否定。舉例來說，當一個人主動說出「我不害怕」這個句子時，他的內心深處必然有害怕的成分。如果他完全不害怕，他不會想到要主動說出一個他完全沒有的東西。同樣的，「我沒受傷」、「我不在意」，都不見得是字面上的意思。詩中提到河沒有魚、天空沒有鳥的同時，魚跟鳥其實也應該要出現了。牠們將在秋天到來的時候出現，配合著半小時後的落日，從此岸遊向彼岸，從南方飛向西方。那個時候，秋已不是近在咫尺而是分明便是秋了。

〈秋氣〉這首詩，把黃昏當成寫尚未存在的現實，詩中所有的物事，都對即將到來的秋天充滿暗示。他看到了秋天，點出了秋天。詩人敏感的感官，藉著大家再熟悉不過的意象，重新感知了秋天，也感知了超於現實表象的超現實。

【作品出處】

此詩作於一九三八年二月。原為日文，經葉笛中譯後，收於《水蔭萍作品集》、《葉笛全集》第九冊。本書據《水蔭萍作品集》選錄。

【作者簡介】利野蒼（1911-1952）

本名李張瑞。臺南關廟人，後移居車路墘（位於臺南仁德）。風車詩社社員。臺南二中（今臺南一中）畢業，日本農業大學肄業。任職於嘉南大圳水利會、斗六水利會。白色恐怖期間被害身亡。

〈燭光〉

利野蒼 作／葉笛 譯

蠟燭光和我底鋼筆
悲哀的影子騷然
拙劣的墨水的污漬　朋友喲
悄悄接近窗邊的　春的慵倦和
翻開古式日記的片斷的手
今夜我又要寫沒有收信人的信……

【賞析】

有的時候，人害怕孤獨；有的時候，人品賞孤獨。利野倉的〈燭光〉一詩，寫的是一個人在燭光下寫日記。當他寫日記的時候，覺得自己字跡拙劣，總是不小心把日記本弄髒。但沒有關係，沒有人會來評價他的美醜，他是孤獨地在與人對話的。他不說他寫日記，他說他寫信。沒有收信人，是因

為他也不知道應該去和誰說。他選擇了一個模模糊糊的收信人，沒有面目、沒有脾氣，不會厭煩你，不會責怪你。你可以在他面前放鬆地展露自己，你相信他懂你的孤獨。

如果此時此刻，竟然有個讀者，正在嗷嗷待哺地等著你去教化他、啓示他，你就不會品賞孤獨了。你甚至不會覺得春天有什麼「慵倦」，你會覺得春天應該要勤奮地生長。你思前想後，端出最安穩最正經的人生道路，教他們收斂心性，敦品勵學。你對他們說「勤有功，戲無益」。所幸此時此刻沒有這樣的讀者，所以你，利野倉，在燭光下做著無益的遊戲。而遊戲中的你，是孤獨而純淨的。

【作品出處】

此詩原發表於一九三四年三月《風車》詩刊。原為日文，經葉笛中譯後，收入《葉笛全集》第九冊。曾選入陳允元、黃亞歷編《日曜日的散步者——風車詩社及其時代》。本書據《葉笛全集》選錄。

【作者簡介】王登山（1913-1982）

北門人。鹽分地帶文學家。曾就職北門庄役場，創辦「北門青年劇作研究會」。一九三〇年，認識郭水潭、陳奇雲，加入「南溟藝園」，開始研究文學。復參加佳里青風會、臺灣文藝聯盟佳里支部，並與吳新榮、王碧蕉、林芳年、林金莖、五藤男共組「白柚吟社」。終戰後遷居屏東。作品經常以鹽村事物為題材，有「鹽村詩人」之稱。

〈我是鹽舖的兒子〉

王登山 作／葉笛 譯

我是鹽舖　鹽舖的兒子
製鹽比什麼都拿手
也比什麼都快樂
天天從早到晚
在廣大的鹽田裡
以大自然為對手
以製鹽過日子

村子裡
我祖父是製鹽的名手
而我父親也是名手
因此我為不辱沒代代的家名
一再地努力

王登山

用腦筋磨練技藝
高明而又巧妙地製鹽

在傳統的命運和
傳統的慣習中
忍受著一切
甘於一切
不論世人怎麼說
不論世人怎麼看
管他三七二十一

我是鹽鋪　鹽鋪的兒子
製鹽比什麼都拿手
也比什麼都快樂
我是鹽鋪製造著鹽

以製鹽過日子

【賞析】

王登山是郭水潭的文友，也是郭水潭的妹夫。王家開鹽鋪，以製鹽販鹽為生。一般人對鹽田兒女的印象，是吃苦耐勞的。郭水潭〈廣闊的海〉一詩，曾經形容鹽田的生活，「那邊　所有的巷道／都刻有粗暴的腳印」、「那些粗笨的風景」、「廣闊有變化的生活」。詩中擔心妹妹嫁過去會過上苦日子。然而，這位丈夫王登山，卻用〈我是鹽鋪的兒子〉一詩，道出鹽田子弟的驕傲。此詩對鹽田子弟的生活充滿自信。詩中大聲說出自己的家世，說出自己以繼承祖業為榮。對家裡的貢獻，不是帶著家人脫離製鹽的生活，而是「一再地努力／用腦筋磨練技藝／高明而又巧妙地製鹽」。可是這種堅持，是需要勇氣的。詩中也提到，世人對鹽田子弟是有意見的。因此王登山才要說「不論世人怎麼說／不論世人怎麼看／管他三七二十一」。

傳統社會，一般人免不了輕賤勞動者而尊敬讀書人；但身為讀書人兼鹽田子弟的王登山，則用詩來大聲說出勞動的可敬。王登山與他的文友，如郭水潭、吳新榮以及其他鹽分地帶的新詩人，大多是抱持這種看法。此詩可說是寫實主義詩人具有代表性的一個側面。

【作品出處】

此詩發表於日據時期的《臺灣新聞》，發表時間不詳。原作為日文，收在作者的自編詩稿《無偽的告白》（未出版）。經葉笛中譯後，收在《葉笛全集》第十冊。本書據《葉笛全集》選錄。

【作者簡介】林修二（1914-1944）

林永修，筆名林修二、南山修。臺南麻豆人。大學就讀東京慶應義塾大學英文科。受到西脇順三郎教授的影響，廣泛接觸超現實主義文學。一九三三年加入風車詩社，為該社最年輕的同人。作品散見於《風車詩刊》、《臺灣新聞》、《臺灣日日新報》、《臺南新報》以及應慶大學校刊《三田新聞》等。遺稿有《蒼い星》（日文遺著。家屬整理，一九八〇年由楊熾昌編輯出版）、《林修二集》（陳千武、葉笛譯，呂興昌編，二〇〇〇年由臺南縣文化局出版）。

〈小小的思念〉

林修二 作／葉笛 譯

夜光蟲在發光——
要享受海底聲響就要借考克多的耳朵
抑或要變成貝殼……

【賞析】

尚．考克多（Jean Maurice Eugène Clément Cocteau, 1889-1963）是法國的文壇鬼才。他既是詩人，又是小說家，也是畫家、舞蹈家、劇作家、電影導演。在二十世紀的法國藝術史上，許多領域都有他瘦削優雅的身影。他寫超現實主義的詩、拍新浪潮的電影。他的詩在處女作發表時，就已經深獲好評。二十世紀三〇年代的第一部實驗電影《詩人之血》，也以實驗態度與多彩多姿的詩意震驚歐洲。

考克多有一首題為〈耳朵〉的小詩，內容只有兩行：「我的耳朵是貝殼；／充滿了海的音響。」耳朵貼進貝殼，可以聽見特有的聲音，這種聲音被稱

林修二

為「貝殼共振」。從科學上解釋，這與物理特性中的波動有關，但是藝術家寧可將它視為一種象徵、暗示，可以藉此溝通現實世界與超現實世界。雖然只是一個小小的物件，卻能夠與另一個奧秘世界連結。

超現實主義詩人普遍相信有一個真實存在的奧秘之境。這個奧秘之境在現實世界中，會透過某些暗示傳達給人。除了貝殼之外，地平線也是這樣的溝通管道，那是一個看得見到卻到不了的地方。奧秘之境不斷吸引超現實主義詩人的注意力，他們相信現實世界的紛歧，會在那裡會獲得統整。寫作，就是找到奧秘之境給出的線索，並且不斷地從現實世界往目標前進。

林修二的這首〈小小的思念〉借用了考克多創造的貝殼意象，說出要聽見海的聲音就要用考克多的耳朵，或者自己就變成貝殼本身，去涵有整個海洋的聲音。藝術家要擁有像考克多那樣靈敏善感的感官，又或者，直接成為奧秘本身。

題目說的是思念，在提到考克多之前，又提起螢火蟲在發光。對一般生物來說，光總是外在的，對光明的追求，必是趨向外在。但螢火蟲卻是自身有光。如同奧秘一方面是外在的，但一方面也可能在自己身上。你就是海，你自己擁有海的聲音。這種說法，說明了超現實主義者向內在宇宙挖掘的傾向。

這首詩雖短，但很能展現出風車詩社成員的超現實主義特質。我們也透過他對法國文豪的引用，得知日治時代臺灣詩人的國際視野。

【作品出處】

此詩原發表於一九三四年三月《風車》詩刊。發表時是「月光和散步」詩輯八首小詩中的其中一首。原為日文，經葉笛中譯，收錄於《林修二集》、《葉笛全集》第九冊。曾選入陳允元、黃亞歷編《日曜日式散步者——風車詩社及其時代》。本書據《日曜日式散步者》選錄。

【作者簡介】林芳年（1914-1989）

原名林精鏐。臺南佳里人。一九五三年改名林芳年。二十歲開始發表作品，一九三五年與鹽分地帶文友成立臺灣文藝聯盟佳里支部。戰後開始學習中文，編有《商品銷售叢談》、《市場理論與實務》。一九六七年重拾創作，著有《林芳年選集》、《失落的日記》、《浪漫的腳印》等。二〇〇六年，林佛兒、李若鶯編選《曠野裡看得見煙囪：林芳年作品選譯集》，由葉笛中譯，臺南縣政府出版。

〈我的西裝是舶來品〉

林芳年 作／葉笛 譯

在那煤煙薰黑的茅草屋裡
我的西裝變成茶褐色
吊在五寸釘上
蜘蛛結網　壁虎盤據
我的房間闃寂一無所有
然而我家吊上西裝
是在遙遠的三年前
我父親滿懷野心西渡大陸
無功　悄然回來時
交給我的是在五寸釘上裡響著的
舶來品的西裝

那時　我直眨著眼睛

林芳年

把西裝收入桌櫃裡
腳步蹁躚
像歡悅的少年吹了口哨
然後我穿上西裝
闊步於街上以瀟灑的姿態
出現於戀人之前
——唉呀　多麼英俊的人——
我戀人紅紅的嘴唇煞像鴿子
使勁嚥著口水
瞧著我瀟灑的姿態發呆
驟然我變得偉大　昂然像紳士似地
抽起香煙來
戀人對我驟然增加了愛
村人對我敬畏和讚嘆之聲
一下子攀升

啊　翹尾巴的時代過去
如今成為現實的是走下坡的
家境和發皺的舶來的
西裝
——快要破的西裝要怎辦？

【賞析】

此詩生動地寫出經濟蕭條、家道中落的青年的心聲。詩的一開始，營造一種衰敗的氣氛。西裝被煤煙薰成茶褐色，上面沾了許多蜘蛛絲、壁虎大便，穿這件西裝已經不再神氣了。這件西裝，是父親在去中國大陸做生意的時候，買給兒子的。那個時候，西裝顯出兒子身為男人的英挺，既博取戀人芳心，也博得村人的尊敬。事業上正待鴻圖大展，一切都很美好。但兒子知道，這是爸爸生意失敗之後帶回家鄉的唯一光鮮之物。家裡的事業外強中乾，光鮮外表下的深深煩惱，只有自己知道。孤獨地承受家道中落的煎熬，最後將它束之高閣，看著西裝，不知未來應該怎麼辦。

這首詩寫出那種有著輝煌過去卻對未來感到茫然而無所適從的感覺。西裝革履的人看起來好像很有辦法，但內心的憂惶無措只有自己知道。詩的最後，把西裝收起來任其破損的設計，也反映了家境的蕭條。

這首詩寫的不一定是作者的心聲，但作者用第一人稱，能有效地帶領讀者深入感受。此詩寫的是憂貧，而不是安貧。詩不故作曠達，而以形象的語言誠實面對，是一首反映社會面貌的詩。

【作品出處】

此詩寫作時間據推測應在一九三六年。收於《曠野裡看得見煙囪：林芳年作品選譯集》，也收在《葉笛全集》第十冊。本書據《葉笛全集》選錄。

【作者簡介】陳秀喜（1921-1991）

新竹市人。十五歲開始以日文作詩。二戰期間曾旅居上海、杭州等地。戰後開始學習中文。一九七八年，定居臺南關仔嶺「笠園」。為笠詩社社長、臺灣筆會成員，有「臺灣女性主義詩人先驅」之譽，詩壇人士多暱稱為「姑媽」。曾出版日文短歌集《斗室》、中文詩集《覆葉》、《樹的哀樂》、《灶》、《嶺頂靜觀》與詩文合集《玉蘭花》。一九九二年，家屬設立「陳秀喜詩獎」，一共延續十屆。學界整理的陳秀喜作品有《陳秀喜全集》十冊（李魁賢編，一九九七年，新竹市立文化中心）、《臺灣詩人選集：陳秀喜集》一冊（莫渝選編、二〇〇八年，國立臺灣文學館）、《陳秀喜詩全集》一冊（李魁賢編，二〇〇九年，新竹市文化局）等三種。

〈山與雲〉

陳秀喜 作

當我被風沙襲擊的時候
你不助一臂
不留片語
飄然離開了我
樹木們騷然抱不平
葉子們爭先去追尋
你卻一去不回來
不懂無聲的呼喚
當我已習慣孤獨的時候
你才飄回來
我即知道
倘若有千萬隻手

也抓不住你衣襟的一角

飄泊的雲啊！
變成驟雨濕透我吧
變成驟雨濕透我吧

【賞析】

這首詩以即物寫作的方式，將人的情感寄託於物。詩中的山代表女性，而雲代表男性。山是靜態的，雲是動態的。山留不住雲，雲也不曾幫助過山。而當風沙（象徵生活的苦難）襲擊的時候，雲就是隨風而去，瀟灑任性，不負一點責任。任憑樹木蕭蕭、落葉紛飛，也一樣留不住雲。在這裡，作者又把另一種情感投射在樹木與葉子上。它們與山在一起，像是山的親友或子女。樹木發出不平之鳴，像山的親友；葉子被風吹起，向雲飛去的方向追著一段距離，終歸徒勞，像山的孩子。

女性往往比男性更懂得認命，也更懂得接納與等待。在山已經接受孤獨的命運的時候，雲又飛了回來。這時候的山，已經知道雲是不會停留的，是靠不住的。他的回來，只是折磨人而已。然而，詩的最後一段，山仍不能忘情地向雲呼喊：你變成驟雨濕透我吧！變成驟雨濕透我吧！我的心渴望你，我的身體也渴望你。你化身為雨，我們永遠在一起吧！

這首詩把女性在感情中的無奈與哀怨，寫得入木三分。如果說怨和恨有什麼不同，那就是怨是希望得到愛而不可得；怨的背後有濃濃的愛與渴望，恨卻是要戰勝對方，甚至消滅對方。本詩第三段的山在認命後，依然對雲有濃烈的渴望，寫的正是這種「怨」的情感。

此詩譜曲時，為符合歌唱需求，作者在文字上作了較大的調整。歌詞版如下：

當春天帶來綠葉的時候
你不來看我不留片語
飄然離開了我　一去無影蹤
當我已習慣孤獨的時候
你才飄回來我就知道
倘若有千萬隻手

留不住你　衣襟的一角

飄泊的雲啊
變成驟雨濕透我
變成驟雨濕透我

與原詩比較，怨的語氣較為收斂，使得副歌中對愛的渴望更為突出。

【作品出處】

此詩原發表於一九七四年六月《笠》詩刊，收入個人詩集《樹的哀樂》，後收入《陳秀喜全集》、《陳秀喜詩全集》。曾入選常茵編《中國現代情詩》、李敏勇編《情念》等選本。另有流行歌的版本，由陳秀喜本人改寫，作曲家邱晨譜曲，收入陳明韶的校園民歌專輯《傘下的世界》（一九七八年，新格唱片發行）。本書據《陳秀喜全集》選錄。

〈我的筆〉

陳秀喜 作

眉毛是畫眉筆的殖民地
雙唇一圈是口紅的地域
我高興我的筆
不畫眉毛也不塗唇

「殖民地」，「地域性」
每一次看到這些字眼
被殖民過的悲愴又復甦

數著今夜的嘆息
撫摸著血管
血液的激流推動筆尖
在淚水濕過的稿紙上

寫滿著

我是中國人
我是中國人
我們都是中國人

【賞析】

陳秀喜的日文比中文好。受日本教育的臺灣人，很多人的日語都只學到兒童程度，但陳秀喜卻能運用典雅優美的日文創作和歌。日本現代詩人堀口大學（一八九二～一九八一）曾經當面讚賞她的日文水準，想不到陳秀喜卻以一首和歌回應他：「日本語を知るは　悲しき故郷は　植民さねし　傷痕ありて」（能知日語之悲哀，是因為故鄉曾被殖民，其傷痕今猶存呢！）。堀口聞言，即伏席叩首向她道歉。

臺灣人對日本人有種複雜的情緒。在過去，媚日跟哈日很容易區分，但現在哈日風潮與懷舊風潮被奇異地綜合起來，有過度吹捧、美化日治時代的傾向。用現代人哈日的心情，去理解日本統治下的臺灣，對前輩詩人經歷過的殖民傷痛反而不太能體會。陳秀喜的〈我的筆〉一詩便是提醒我們，經歷過日治的人，心中所經歷過的傷痛。

第一段用女性化妝為喻，說起眉筆與唇筆這些化妝工具，都是殖民的象徵。眉毛是眉筆的殖民地，任它修飾；口紅塗在雙唇，作者雖未明說，但日本國旗的形象也已呼之欲出。如果這些化妝品象徵殖民者的手段，那作者會很光榮地說：「我高興我的筆／不畫眉毛也不塗唇」。

第二段與第三段幾乎可以說是直接表達出心中想法。這兩段用的是很常見的意象：血脈、血管、筆、稿紙、淚水等。血管裡澎湃的熱血，會推動筆管裡的墨水。血液推著墨水，通過筆尖，在沾滿了淚水的紙張上，寫著「我是中國人」、「我是中國人」、「我們都是中國人」。並不因為從小受到日本教育，就忘了自己是誰。

這是一首簡單而激昂的詩。然而在現代，這種詩不見得容易被人理解。作者是個有濃烈母愛的人，她像大地一樣包容一切。或許，現在也是重新閱讀〈我的筆〉這樣的詩，重新理解文壇前輩的時候。

【作品出處】

此詩發表於一九七二年《笠》詩刊，曾轉載於《詩潮》第四集（一九八〇年十二月）。收入個人詩集《樹的哀樂》，後收入《陳秀喜全集》、《陳秀喜詩全集》。曾入選兩岸各種新詩選本，臺灣如笠詩社編《美麗島詩集》，張默、白靈、向陽編《中華現代文學大系》，李元貞編《紅得發紫：臺灣現代女性詩選》；大陸如春風文藝出版社的《臺灣現代詩選》、漓江出版社的《臺灣現代詩拔萃》、花城出版社的《臺灣詩選》等。本書據《陳秀喜全集》選錄。

【作者簡介】 薛林（1923-2013）

本名龔德全，後改名龔建軍。曾用筆名蜀嵐、蜀雯。祖籍四川，一九四七年來臺。定居臺南新營。陸軍官校畢業，少校退伍，任職臺糖公司。曾創辦小白屋詩苑幼兒詩獎、臺灣薛林懷鄉青年詩獎。為《布穀鳥兒童詩學學刊》、《詩壇》創辦人之一，《秋水》詩刊同仁。曾獲臺南縣南瀛文化獎詩歌貢獻獎、世界詩人大會和平獎、內政部推行中華文化弘揚詩教獎。著作有《帆影》、《聖夜》、《親情之歌》、《萬里星雲》等廿八種，二〇一六年，其女龔華整理遺作，編為《自己做陀螺——薛林詩選》一書，由臺南市文化局出版。

〈小動物心裡的人〉

薛林 作

小瓢蟲來親我的手
蝴蝶繞著我做遊戲
小白蛾變魔術給我看
把舌頭捲成一卷彈簧
吞到嘴巴裡又吐出來
小松鼠跟我玩捉迷藏
後來
牠們知道我是人
很後悔
趕快跑光光

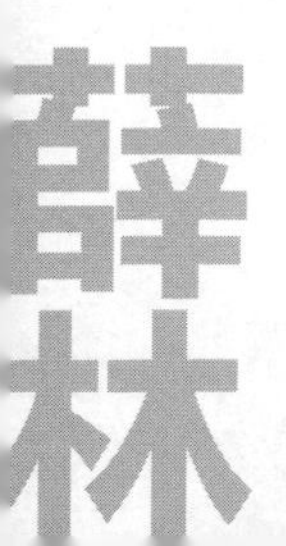

【賞析】

作者薛林是一位富有童心的老爺爺。〈小動物心裡的人〉是一首童詩，說的是小動物沒有心機的故事。在小動物眼中，眼前出現的這個訪客，感覺好像很友善。因此小動物很放心地做自己，也願意來親近，或者表演節目、或者玩互動遊戲。但後來「牠們知道我是人」的反應，卻是「很後悔」，然後全部跑光光。

這首詩讓人聯想到《列子》中的一則故事：海邊有個人常常跟海鷗玩。因為他對海鷗沒有心機，海鷗感覺不到他的敵意，所以都願意親近他。有一天，爸爸跟他說：「海鷗這麼喜歡你，你抓一隻來讓爸爸玩吧！」於是這個人帶著「要抓一隻海鷗」的想法來到海邊。想不到靈敏的海鷗感覺到危險，沒有一隻肯親近他了。

人在這個世界上一方面是萬物的主宰，另一方面也可能是地球的暴君。在這首詩中，小動物們並不想要找「主人」，他們只想要找「朋友」。可是人類卻常常自以為是「主人」，可以把小動物當成財產來處置。一旦覺得不舒服、不喜歡、影響生活品質，就把小動物「處理」掉。久而久之，「人」的形象就變得越來越可怕，因此單純的小動物，便不再敢與人相處了。

【作品出處】

本書據《自己做陀螺——薛林詩選》選錄。

【作者簡介】王憲陽（1941-2014）

臺南歸仁人。臺南師專畢業後，曾在歸仁國小任教三年。一九六六年臺大中文系畢業，任教臺北市延平中學，後轉行經商。喜好文學，為笠詩社發起人、藍星詩社社員。曾獲中國文藝協會詩創作獎，並入選臺灣文學館「臺灣詩人一百」影音計畫。著有詩集《走索者》、《千燈》、《愛心集》、《紅塵塵紅》、《千禧詩集》、《六本詩》等。

〈在香港見內弟〉

在渡輪上
我問你
一九九七年以後
家人將要如何
你指著維多利亞海峽
兩岸的蜃樓
說聚散似此
我一陣鼻酸
執著你手
輕霧落在我的眼鏡框上
讓我看不清對面的你
以及你那年以後的行止

王憲陽 作

故國呢
能擁有的
僅是一張薄薄的出生紙
如揚在風中
要飄向何處
海天會是無限的空闊
問及如何棲身
我側著耳
你張著嘴
電車轟然擦身而過
留下滿臉的驚悸
不敢遙望背後脈脈的青山

【賞析】

此詩發表於一九八五年。當時離香港九七大限，還有十二年之遠，但香港回歸的陰影，已經深深籠罩在港人的心中。「九七之後如何自處？」對當時的港人來說是個難題。

作者在香港遇見他的妻弟，從詩中看來妻弟是香港人。一九四九年以後，香港與臺灣同是華人聚集的自由世界，港臺之間有兄弟一般的情誼。港人如何面對「九七大限」，也是臺人不解的問題。也因此，詩中作者問了內弟，在大限之後，將待如何？

這個難題，妻弟沒有具體回答。他只在維多利亞海峽（位於香港本島與九龍半島間）邊，指著「海峽兩岸」的大樓，說它們是虛幻的蜃樓，聚散似此。明明知道蜃樓終將歸於泡影，但它還能住上一段時間吧！明明知道香港終要回歸，但離開香港又要住在何處？

兩岸長期分隔敵對，使得臺灣人看香港九七大限，會覺得像是與香港永別。臺灣人當然希望香港與臺灣能永遠在一起當夥伴，但臺灣的王憲陽能叫香港的妻弟放棄香港嗎？香港的妻弟也只好以世間緣分有聚有散來寬慰回答了。說到此處，不禁湧出熱淚，眼鏡上泛起一陣輕霧。作者說他看不懂妻弟後來的所作所為，他很寬厚地說，想必是因為眼鏡泛霧的關係。

港臺許多居民，都是從中國大陸移入，為什麼如今這麼懼怕大陸呢？也許是因為很多人對回不去的故國，印象已經很淡，甚至只存在於父輩的回憶中。「僅是一張薄薄的出生紙」，不知它會飄向何處。作者忍不住又問了一次妻弟未來的打算，但此時一輛駛往中國大陸的電車經過，轟隆轟隆向北而去。雖然聽不清楚妻弟究竟說了什麼，這個畫面卻充滿象徵。「我側著耳」，卻什麼也聽不清；「你張著嘴」，但說什麼別人也聽不到，唯一感受到的是「滿臉的驚悸」。未來的命運就在不敢遙望的「背後脈脈的青山」裡，在「故國」之中。

這首詩生動的寫出香港回歸前港臺人的心境。隨著時光流逝，香港回歸中國已滿二十年，許多當年心照不宣的心事，現在都需要解釋了。讀這首詩也讓我們能夠知道二十多年前的中港臺關係以及當時人的幽微心境。

【作品出處】

本詩原發表於一九八五年七月廿三日《聯合報》副刊，曾選入《星空無限藍：藍星詩選》、黃勁連編《南瀛文學選：詩卷一》等選集。後收錄於個人詩集《紅塵塵紅》。本書據《紅塵塵紅》選錄。

【作者簡介】月中泉（1930-2014）

本名洪采惠，臺南將軍人。早年受過日本教育，精通日文、英文。嗜好讀書，涉獵包括文學、詩學、哲學、神學、靈魂學、醫學、科學與經濟學。曾任土地代書，業餘寫詩、評詩自娛。羊子喬編《光復前臺灣文學全集》曾採用大量月中泉之譯作。詩作散見《自立報系》、《民眾日報》與《臺灣時報》副刊。一九九五年，臺南縣立文化中心出版個人詩集《虱目魚的故鄉》。

〈一個蛋子〉

月中泉 作

白色的牆垣
圍攏著
銀色城池
一座金碧輝煌的宮殿
住著一個寂寞的小生命

妳想出來
見識這個花花世界吧
於是
燈光就伸出一隻
溫馨熱情的手

月中泉

【賞析】

農家養小雞時，會用黃色的燈泡就近照著雞蛋，讓小雞更快孵化。毛絨絨的黃色小雞以及和煦的黃色燈光，溫暖了多少農家孩子的心。月中泉這首詩便是以這個畫面為創作素材，寫出新生命的可喜。

雖然只是再尋常不過的小生命，然而當我們用全付精神去看待，相信我們都願意用最好的形容詞形容牠們。蛋殼變成「白色的牆垣」；蛋白是「銀色城池」；蛋黃就成了「金碧輝煌的宮殿」；小雞則是宮殿中寂寞高冷的小王子。燈光的光線，是迎接小王子來到花花世界的「溫馨熱情的手」。

兒童故事總是說到美好的時候便停止，見好就收，讓美好成為結局。小雞後來的故事，不宜再多說。世界的真相，也不要在此時戳破，讓凡庸，甚至殘忍的現實，都能有過一個尊貴美好的時刻。

【作品出處】

此詩原發表於一九八八年六月十日《自立晚報》本土副刊，收入個人詩集《虱目魚的故鄉》，曾選入黃勁連編《南瀛文學選：詩卷一》。本書據《虱目魚的故鄉》選錄。

【作者簡介】郭楓（1930-）

江蘇徐州人。一九四九年來臺，臺南師範學校畢業，曾任南師附小、臺南女中教師。熱愛文學而遠離文壇，拒絕領受政治性獎項。以文學為志業，一九八六年創辦新地出版社，大量引進中國大陸文學作品，首先推動兩岸文學交流。二○○七年創辦《新地文學》季刊，以發展關懷人群的嚴肅文學為宗旨。著作有詩、散文、小說等二十餘種，晚年精選為《郭楓文選》八種——詩選《春夜聽雨》、《山的哲學》，散文選《坐對一山青》、《老家的樹》，長篇小說《老憨大傳》，書序選《超以象外，得其圜中》，雜文選《風中之島》與文學評論選《作家和文人的分野》等。現於南京大學任教。

〈一枚鋼釘——贈張放〉

郭楓 作

得忍受多大的蠻勁
挨多重的錘
把你砸進那面堅硬的水泥牆
水泥牆再硬也硬不過你的骨頭
你的腳，陷入不見天日的黑
而頭，昂然向光
垂直釘住牆面
成為一個目標，一個想望

他們因你強硬
不斷讓你負擔過多的重量
也曾有些帽子、勛章和金星靠你支撐

當光榮的偉大的一切
離你而去，誰也不記得
你所付出的力氣

那面水泥牆挺不住時代頂撞
終於，轟然一聲倒塌
你卻跳脫而出
依然沒被泥垢鏽蝕
依然光亮
依然最初的樣子

【賞析】

據臺灣文學館的「臺灣作家作品目錄系統」介紹：作家張放，筆名司徒海，山東陰平人。政治作戰學校影劇學系畢業，菲律賓亞典耀大學文學碩士。曾任中央廣播電臺編撰、行政院文建會研究委員、菲律賓民答那峨中華中學校長、《文藝》月刊總編輯、《臺灣新生報》駐菲新聞特派員及中國文藝協會祕書長、理事。創作文類以小說為主，另有論述、散文、劇本。寫作領域甚廣，其文學思想強調作品應忠誠反映現實，為時代作良心的見證。曾以海峽兩岸互動為主題創作一系列小說，以寫作態度嚴謹，風格清新，頗受好評。

本詩是作者寫給張放的贈詩。作者欣賞張放錚錚鐵骨，有所不為的氣度。他與黨政人士相處，就像是鋼釘與牆壁相處一般。釘子釘在牆壁上，可以發揮作用，看起來像是成為一體，但牆壁卻讓釘子釘穿。而牆包住釘子，有的釘子可能就此氧化腐蝕，但這枚鋼釘卻沒有。它依然光亮，甚至直到這面牆——這群政治人物——隨著時代改變而倒塌，瓦礫堆中仍可見到這枚鋼釘的原貌，沒有被同化腐蝕。

這首詩描繪出良心知識分子的形象。他不直接衝撞當權者，也不投靠反對勢力，雖嵌合到政治環境中，卻能保持清醒，不讓權力腐蝕，不受人事牽纏。他的剛硬、擔當，甚至成為他的光榮與支柱。然而他一方面是支柱，一方面又只是小釘子，並不受到重視。幸虧不受到重視，也得以免受太多政治的干擾。

寫詩贈人，有的只是交際應酬，說的是場面話。但有的卻帶有抒情言志的色彩。詩人把詩作送給欣賞的對象，在讚美對方的同時，也流露自己的價值觀念，帶有自畫像的色彩。郭楓這首詩便是這樣的作品。

【作品出處】

此詩寫於二〇一〇年十二月，收於個人詩集《八十後新詩集》，個人詩選《郭楓新詩一百首》、《春夜聽雨》均曾選錄此首。本書據《八十後新詩集》選錄。

【作者簡介】葉笛（1931-2006）

本名葉寄民。詩人、翻譯家、評論家。生於屏東，十四歲隨父遷回臺南。臺南師範學校畢業，任教國小十八年，後赴日留學，於大東文化大學修畢日本文學博士課程。歷任東京學藝大學、跡見女子大學、專修大學、聖德學園女子短期大學等校教職。與旅日學者共創「臺灣學術研究會」。晚年回臺南定居，專事臺灣文學研究與翻譯工作。曾獲府城文學獎特殊貢獻獎、臺南師範學院傑出校友獎、創世紀詩社五十週年榮譽詩獎、巫永福評論獎。二〇〇七年由國立臺灣文學館編輯出版《葉笛全集》。

〈荒野裡的小花——致詩人楊華〉

葉笛 作

在荒野裡
你紮下孱弱的根
而荒旱貧脊的土地
不讓你綻開豐美的生命
轉瞬即逝
你像不知流落何方的流星

在自己生長的土地上
你踽踽獨行
煮字療饑
卻還在
尋覓自己的烏托邦

我愛你摯情燃燒的小詩
你吃著夢活著
在活著的夢裡死去……

【賞析】

葉笛曾在《創世紀詩雜誌》開設「臺灣早期現代詩人論」專欄，每期發表一篇日治時代詩人的評論，文末附新詩一首，此詩即為楊華評論的附錄。

楊華，本名楊顯達，是日治時期的青年詩人。楊華與楊花都是他的筆名，但他也許沒有意識到這個筆名有多麼不祥。楊華就是楊花，春天到來的時候會被風吹散，滿城飛舞。楊華這個名字很鴛鴦蝴蝶，但楊華的詩卻是洪水猛獸。他的《黑潮集》是日治時代新文學初期的異類。他早在新文學的萌芽時期就越過對語言音樂性的鍛鍊，直接進入對意象的鍛練。在同時期的文學家中，顯得特別超前。但楊華並不是一個掌握編輯權利的掌舵者，他是當時編輯們所注意到的一朵奇葩，大家總是在期待著不知道楊華又要發表什麼樣令人耳目一新的作品。

從葉笛對楊華的評論來看，楊華的生平，後人所知不多，只知道他是屏東人，曾經依靠私塾教師的收入為生。三十歲那年因「過度的詩作和生活苦鬥」陷入經濟上的絕境，最終懸樑自盡。楊逵曾在《臺灣新文學》雜誌代為求援，最終也無法解救。在他過世之後，有人曾到他家探訪，找到一本未經發表的詩集《黑潮集》，因而披露在楊逵主編的《臺灣新文學》。這本詩集是在獄中寫的，其中部分內容「於表現上很覺銳利，怕把紙面戳破」（楊逵語），考量到當時的政治環境，故未能刊登。這本過世之後才發表的《黑潮集》，也是楊華創作史上的高峰。

此詩把楊華比擬成一朵小花，而且是「荒野上的小花」。小花是指他的美麗文字；而荒野則是在說當時文學環境的貧瘠。肥沃的土壤孕育出美好的生命是自然而然的事，而貧瘠的土地對種子而言卻是一種詛咒。葉笛為楊華的短命作出解釋，在這貧瘠的土地上，豐美的生命本就無法長久地活下去吧！

楊華超越了他所處的時代，他卻因為超前而孤獨。但楊華不放棄他的美好，他用熱情熾烈燃燒的小詩，餵養著自己，最終死於饑餓。葉笛如此描繪著楊華的短命，為他的不幸賦予最浪漫的詮釋。

【作品出處】

此詩原發表於二〇〇一年三月《創世紀詩雜誌》，收錄於《臺灣早期現代詩人論》，也收錄在《葉笛全集》第四冊評論卷一。曾入選李敏勇編《花與果實：青少年台灣文庫新詩讀本》、林瑞明編《國民文選：現代詩卷》、張默編《現代百家詩選新編》等選本。本書據《葉笛全集》選錄。

〈這個世界〉

葉笛 作

世界已跌入陰霾霧障，
圍繞地上的鐵刺網
　比地球的圓周還長。

無數飢餓的手，
殺戮的黑手
　就在十目所視
　　十指所指的地方
搖晃、交錯、交錯、搖晃……

嗅覺已分不清
　馨香和血腥。
聽覺已聽不出

歌聲和哀號。

這個世界
人子已扼殺
諸神、太陽和明天
唯有月亮偷彈苦淚。

【賞析】

一九四九年，國民政府撤退來臺，其後兩岸仍有多次戰爭，如舟山之戰、東山島之戰、古寧頭戰役、八二三砲戰等。其中一九五八年的八二三砲戰開戰兩個月後，一直維持「單打雙不打」的局面，直到一九七九年中美斷交為止，時間長達二十一年。

當年葉笛就是參加八二三砲戰的阿兵哥。在前線的緊張生活中、戰爭陰影下，葉笛備戰之餘，也寫詩排遣生活的無聊。共軍的砲彈，單日打，雙日不打。一半戰爭一半和平，使得前線軍人，既神經緊繃又無所事事。這到底是場什麼樣的戰爭呢？這到底是冷戰或者熱戰呢？前線軍民一方面過著日常生活，同時又籠罩在砲彈威脅之下。葉笛沒有心思去風花雪月，又有充分的時間可以寫詩，也許正因如此，他在這段時間寫的詩有許多對戰爭的感受與思索。

《火與海》這本詩集，就是在八二三砲戰時期寫成的。火是炮火，海是金門海域。葉笛在序言說：「堅決反對戰爭，是人類的基本信念，也是我的理念。」〈這個世界〉寫於一半和平一半戰爭的氣氛之下。與臺灣本島相比，金門前線的軍民對戰爭感受更具體，對國家論述中所謂的「鐵幕」更有感覺。當時共產世界國家，被自由世界國家稱為「鐵幕」或「竹幕」。此詩第一段所說「比地球的圓周還長」的鐵刺網，圍繞的就是占有半個地球的鐵幕國家。第二段所說的「無數飢餓的手」與「殺戮的黑手」都是指對岸的人民：一是「水深火熱的大陸同胞」，另外則是「萬惡的共匪」。這種說法把國家與人民區分開來分別對待。在當時的國家論述中，軍人打仗既是為保衛臺灣，也是為反攻大陸。因此，對於視線所及的廈門「就在十目所視／十指所指的地方」，自然而然會興起解救人民的責任感。

但持久的戰爭，陷入膠著，一方面對責任範圍內的廈門無能為力，一方面也覺得這種沒有結果的戰爭，越來越像永恆，彷彿這個世界本應如此：敵我並存、善惡並存、馨香與血腥並存、歌聲與哀號並存。它們不但會永遠並存，那些胸懷拯救世界雄心的人，終究會發現付諸行動純屬徒勞無功。就如同我在這裡，已經參與戰爭且付出行動，事實上卻是陷入膠著的狀態，如同救世的耶穌（即詩中的「人子」）救不了世界，反被世人所殺害。詩的最終只好放棄了太陽與希望，留下月亮與眼淚。

【作品出處】

此詩收於個人詩集《火與海》，並收入《葉笛全集》第一冊。曾選入趙天儀等編《混聲合唱：「笠」詩選》、林瑞明編《國民文選：現代詩卷》、張默編《現代百家詩選新編》等選本。本書據《葉笛全集》選錄。

【作者簡介】馬驄（1932-）

馬忠良（一九三二～），筆名馬驄，山東陵縣人。一九四九年隨流亡學校至澎湖，被迫從軍，服役十一年。退伍後考取成功大學外文系，後於南投中學教書一年半。先後留美兩次，最後退休於成功大學外文系。喜好文學，偶有作品發表。在臺南居住三十餘年。著有詩集《冬日以望遠鏡賞鳥》、回憶錄《從二等兵到教授：馬忠良回憶錄》。

〈無題〉

馬驄 作

一隊兵士在我的腦海裡植了一排防風林
自此，我便失去了放逐至大海的自由
也模糊了整體的概念
像一名落荒的戰士
舉槍
僅為
驚散一樹的鳥

海在島外
天在海外
夕陽沉沒的暮氣中
群鳥鼓譟得正起勁
家鄉二字性屬抽象

何況今日之家鄉已非他日的家鄉
烏鴉的羽翅裡啄梳不出一根鳳凰的羽毛

於是，我是
一幢風雨中的孤樓
一塊泥淖中的石頭
（最恨人的腳）
一抹暗夜中的黑
一株落盡了葉子的樹
迎風
諦聽
自遠方滾動而來的春潮

【賞析】

本詩反映臺灣從反攻復國轉型到民主自由的時代氣氛。詩中的敘事者應該是士兵，聽習慣了反攻復國的論調。在這種大論述下，自己默默躲到海邊，還用望遠鏡賞鳥，別人也管不到。然而有一天，「一隊兵士在我的腦海裡植了一排防風林」之後，一切都變了。防風林是防風的，既然是他人強行種植，那就意謂著心靈已經被他人所干涉。他開始錯亂，對原本認同但是保持距離的家國論述開始感覺到面貌模糊。甚至也不知道舉槍究竟是為何而戰、為誰而戰。他開了一槍，驚散一樹的鳥，惟有這個時候他才感覺到持槍是有作用的，而並且感覺到活著。

在國家論述中，從軍是為了反攻，反攻是為了還鄉。這個論述不但說動原本家鄉在中國大陸的外省人，也說動家鄉就在臺灣的本省人。但是這種論述在解嚴以後，漸漸地不合時宜了。敘述者士兵甚至說，「家鄉二字性屬抽象／何況今日之家鄉已非他日的家鄉」。家鄉本來不應該抽象的，抽象的家鄉，就是不在生命經驗中的家鄉。不過他這麼說的時候又有點忿忿不平，說「群鳥鼓譟得正起勁」，說「烏鴉的羽翅裡啄梳不出一根鳳凰的羽毛」。或許是因為自己思鄉的情緒被「群鳥」百般嘲笑，一氣之下乾脆說它是抽象的吧！

茫然的士兵，對另一種獨立論述，一時之間還不能接受。自己的鄉愁已不可信，新的論述也不願信，此時，他感受到異常的孤獨。像是一座孤樓。說孤樓，恐怕還把自己說大了，自己應該只是泥淖中的石頭吧。這塊石頭「最恨人的腳」，因為群衆的腳會無情地踩上去讓他不得翻身。最後，敘述者士兵這麼形容自己的處境：「一株落盡了葉子的樹／迎風／諦聽／自遠方滾動而來的春潮」。他說自己是一棵不再有生命力的樹，葉子落盡，進入了冬天。但他也感受到新時代的自由風潮在興起。這股潮流會帶來什麼？尚未可知，不過作者用「春潮」形容，可見對未來還是抱持樂觀的吧！

【作品出處】

此詩原發表於一九九五年二月《海鷗詩刊》復刊第八期，曾選入《八十四年詩選》（辛鬱、白靈主編，現代詩季刊社出版）。本書據《八十四年詩選》選錄。

【作者簡介】何瑞雄（1933-）

高雄岡山人。臺灣師範大學藝術系畢業，日本東京大學文學博士。曾於日本大學任教十二年，回國後，於臺南長榮大學任教二十年。著作有《何瑞雄詩選》等八十餘種。曾有海內外學者十餘人組成「何瑞雄文學研究會」，並印行刊物《詩鄉》。

〈火——燃在祭壇上〉

何瑞雄 作

被奪的聲音
被奪的黎明
終必成火
從世界的暗部
燃起

這是——
是人類長期以來無數被虐殺的生命
　復活而開口的第一句！
這是——
是被壓抑的正義，被禁錮的真理
　一旦衝激出現的活的形象
這是——

何瑞雄

是被埋葬的自由的種子
　膨脹爆裂生長出來的奇樹異卉
轟轟烈烈熊熊熾燃之火！

火的翅膀煌煌煽動
千翅萬翅飛舞騰揚
構成燄的巨靈
燃著燃著，燒上去燒上去
燒穿烏雲，燒向無邊的天空

記取過去歷史的黑暗
謳歌光的最後勝利
聽！這是死難者與生存者共同的聲音在訴說
讓它永遠在這裡共鳴
看！這是人類亙古以來精神黎明的誕生

讓它永遠在我們的眼前輝耀
比星更亮！比太陽更強！
此火矗天而立！
盡地球有人類之日
此火燃燒不熄！

【賞析】

希臘神話中，人類懂得用火始自普羅米修斯。普羅米修斯與智慧女神雅典娜共同創造了人類，但人類在沒有火的世界中，生活困苦。當時萬神之神宙斯禁止人類用火，普羅米修斯違反宙斯的禁令，從奧林帕斯盜取火種，人類文明才得到長足的進展。然而普羅米修斯因為頂撞宙斯，被鎖在阿爾卑斯山，受鷹啄肝臟之刑。肝臟被啄食之後隨即復生，長出後又被啄食。直到宙斯氣消，才在普羅米修斯手指上戴上阿爾卑斯山石製成的戒指，象徵刑期尚未解除，而還他自由。

世界各地都有人類第一個用火者的神話故事，而普羅米修斯的神話更為火的使用增添一抹抵抗權威的色彩。人類從原始蒙昧發展到能夠用火，便是文明的一大進步，也讓弱小者有了足以對抗強權的武器。何瑞雄的〈火〉，寫的就是弱小者不屈的意志。

對弱小者而言，除了抵抗，一無所有。他們被奪走的一切，都會化成燃料，用火的燃燒來抵抗。火的形象，本身也很像是一個活的生命，不斷吞噬、不斷舞動，把強者當成獻祭的供品，勢力愈強，燃燒起來的火燄也愈巨大。作者又說到火所帶來的另一個東西：光芒，這象徵著勝利與光明的未來。

讀者讀到第一段可能會問：聲音怎麼當燃料呢？讀到最後一段也可能問：難道星星跟太陽的光芒，不是因為火而燃燒嗎？其實，這首詩的象徵意涵，是先於意象而存在的。從字裡行間可以看出，火、星星、太陽，都具有象徵意涵。火是人民不屈的意志，是怒火。聲音被奪走象徵喪失發言權，黎明被奪走象徵喪失希望。讓人民失去發言權、失去希望，都會激發人民的怒火。星星、太陽的光芒，也許象徵統治者的德澤，也許單純講自然界的現象，無論何者，都不是指人民的怒火。作者認為，人民的怒火，在星星太陽面前，是毫不遜色的。他用這首詩謳歌抵抗，歌頌抵抗的神聖。

【作品出處】

此詩一九八四年作於東京，收錄在個人詩選《何瑞雄詩選》。曾選入趙天儀等編《混聲合唱——「笠」詩選》。經內山加代翻譯為日文後，刊登於一九九一年十月《コスモス文學》雜誌，並收錄於內山加代譯編《臺灣現代詩人何瑞雄——沉默の海からの聲》。一九九六年一月，日本的《潮流詩派》季刊亦曾轉載。本書據《何瑞雄詩選》選錄。

【作者簡介】龔顯榮（1939-）

臺南市人，臺南工業學校化工科畢業。曾為電臺臺語播音員、太子建設公司經理、《笠》詩刊編輯委員。研究佛學頗有心得。五〇年代初期開始寫詩，著有詩集《來自靈山的一朵小花》、《天窗》。

〈天窗〉

龔顯榮 作

我的屋頂開一天窗
夜夜我透過天窗向外凝望
凝望那一片黑暗
我沉思黑暗幾時會出現曙光
我沉思黑暗還要帶給人類多少哀傷

父親的墳墓上也開一天窗
他的骨骸亦怔怔地凝望外面的黑暗
四十年來他夜夜在沉思兒孫們是否看到亮光
感嘆多少人的血汗揮灑在黑幕上
他知道有數不盡的愛心試圖撥開重重的苦難
他們不會要別人的眼不會要別人的牙
他們只祈求生存的空間更遼闊更開朗

他們只要兒孫們瞭解為甚麼流血流汗在這塊土地上
有人說要怎麼收穫就怎麼栽
而怎麼栽也都受到莫名的殘害
究竟誰心裡有愛
究竟誰誠摯地撫慰過受創心靈的傷痛
無辜的受難者伸展多少苦難在我們身上
沒有人瞭解那個夢魘的真相
長久蟄伏的迷惑仍在陰影裡閃爍
噤聲不語期盼遮蓋悲劇黑幕的揭開

我的屋頂開一天窗
四十年前父親從天窗逃難一去不返
父親墳墓上開一天窗
請你良知上也開一天窗
天窗外面的黑暗總有一天會透進五彩的光芒

【賞析】

〈天窗〉寫的是白色恐怖受難家屬的心聲。作者父親在白色恐怖時期受到政治迫害而死於非命，用「天窗」的形象，寫出四面幽閉的恐懼，也寫出頭頂仍有光明的希望。

詩從房間的天窗寫起。作者平日在房間起居，白日上班，夜晚睡覺看著天窗，覺得外面仍是一片黑暗。如果天窗採光沒有問題但外面仍是黑暗，那就代表這是個黑暗的時代。

由此順著想下去，作者覺得四十年前從天窗逃出去的父親，最後無消無息，恐怕兇多吉少了吧。作者想像父親的墳墓，應該也有一個抽象的天窗。這個天窗的外面，也跟家裡天窗外面一樣，是一片黑暗。父親長眠墳裡，一定也希望天窗趕快迎來光明吧！

「他們不會要別人的眼不會要別人的牙/他們只祈求生存的空間更遼闊更開朗」，詩中說，受難者不要以牙還牙、以眼還眼的報復。他們追求更廣闊的生存空間，用愛心來回應承受苦難後的人心。他們也希望人們能夠給受難者足夠的溫暖，畢竟當時事實的真相已無從瞭解。如果外人在不瞭解事實的前提下，仍要然對白色恐怖抱持預設態度，那麼詩人想以受難者遺族的身分說：他也期待愛心來揭開悲劇的黑幕，希望被愛心對待。

作者會這麼說，是因為世界上有一種聲音，會說「過去的就讓它過去」、「歷史就歸於歷史」、「心中要有愛，不要樹立仇恨」。然而，這種聲音，雖然說要有愛，卻不見得真的以愛對待受難者。當事人家屬都還覺得事實尚未釐清，真相尚未被揭露，「長久蟄伏的迷惑仍在陰影裡閃爍」。這時候有愛心的人怎會叫我們「放下仇恨」、「讓他過去」呢？因此，作者訴諸良心，希望所有的人，良心都能開一扇天窗，讓光明照耀，讓黑暗的天空透進五彩光芒。

【作品出處】

此詩寫於一九八八年，收於個人詩集《天窗》，並選入趙天儀等編《混聲合唱——「笠」詩選》、鄭烱明編《穿越世紀的聲音．笠詩選》等選本。本書據《混聲合唱》選錄。

【作者簡介】許達然（1940-）

臺南人。歷史學者。現居美國。東海大學學士、哈佛大學碩士、芝加哥大學博士、牛津大學英國社會經濟史研究。曾任《文季》文學雙月刊編委、美國西北大學亞非系教授等。西北大學退休後，二〇〇七至二〇一一年任東海大學講座教授，曾兼歷史系主任。英文著作曾獲得美國哲學會研究金、美國博爾萊特基金獎，中文著作曾獲吳濁流文學獎（新詩）、吳三連文學獎（散文）、府城文學獎特殊貢獻獎、臺灣新文學貢獻獎、巫永福文學評論獎等。著有詩集《違章建築》，散文集《含淚的微笑》、《遠方》、《土》、《吐》、《水邊》、《人行道》、《同情的理解》等多種。

〈違章建築〉

許達然 作

窮擠
不出都市的憂鬱

也有門把蛙聲分開
一片自己聽
另一片警察踩

福字倒紅大
光明裡黃老
只是無影

就這麼一個家了
居然不必賄賂

蚊蟲就稅捐處般吸
居然把瘦肉當花粉
蜂官樣咬
窗破睜著眼
看風瞎衝進來拆

法律堅持要公平
給路給樹給鳥
啄　觀光成風景

【賞析】

由於種種不可抗力的因素，違章建築在臺灣是很普遍的現象。很多住違章建築的住戶經濟條件較差，再加上建築本身不合法，沒有法律保護，住在其中的民眾除了要為經濟的困窘操心以外，也會擔心公權力來破壞安身立命的家。許達然的詩並不是指責違章建築破壞市容或者影響居住安全，而是為違建住戶操煩，寫出他們對抗貧窮、又要面對來自公部門的種種壓力。

整首詩唸下來，公權力造成住戶的壓力雖然籠罩全詩，但沒有白紙黑字的控訴，而是用經營氣氛的方式讓讀者感覺到公權力不會保護住戶。他先說門把蛙聲隔成兩部分，其中一部分留給警察踩，這就暗示了這間違建是公權力關切留意的地方。作者又寫蚊蟲吸血、蜜蜂螫咬，顯示環境的惡劣與髒亂，但同時也都讓人聯想到這些蟲豸都像公家的化身。蚊蟲吸人的血像是來收稅的，蜜蜂本來應該採花粉，卻看上住戶孱瘦的身體。關不緊的破窗，大風吹進來，像是來執行拆除公權力。詩的最後，官僚聲稱「法律堅持要公平」。也就是說，為了整頓市容，為了整理出一條有著漂亮行道樹的大馬路，馬路兩側的違建是一定要取締的。鳥兒不但啄行道樹，也把住戶僅有的家啄空了。讀者可以感覺得到，詩中公權力對民衆來說不是保護者，反而是加害者。站在弱小一方，支持弱小，是許達然詩中既柔軟又強悍的部分。

這首詩在文字上，也需要稍加說明。作者對文言文的典故頗為熟悉，詩中化用了晉惠聞蛙、兩部鼓吹、蜂衙等典故，知道這些典故的人，會更加查覺到文字的巧妙。晉惠聞蛙的故事是說晉惠帝昏庸愚闇，在園中聽到蛙聲時，傻傻地問左右近侍：「這些會叫的，是公家的青蛙？還是私人的青蛙？」（此鳴者為官乎？私乎？）兩部鼓吹的故事是說孔稚珪生性疏懶，不愛乾淨，門庭之內，雜草叢生到長青蛙的地步。人嫌其髒亂，孔稚珪卻說他以這些蛙鳴當兩部鼓吹（兩個聲部的合奏）。詩中以門隔開蛙聲，一個歸公、一個歸私，正好是綜合了上述兩個故事。至於詩中的蜂官，是來自「蜂衙」這個舊詞。《埤雅》載：「蜂有兩衙……朝衙畢，方出採花供工課；晚衙畢，則入房。」從蜜蜂也有衙門，推導出「蜂官」這個詞。實際上，古人也曾以「蜂臣」稱工蜂，與蜂官也很接近。

另外，作者的用字，也喜歡雙關。例如「窮擠／不出都市的憂鬱」，雙關「窮／擠不出都市的憂鬱」、「福字倒紅大」，雙關「福字，倒，紅大」。倒字本來是倒是之意，雙關之後，既有倒貼福字之意，也有倒在地上之意。「光明裡黃老」雙關「光明裡，黃、老」，黃老從道家的黃帝老子，轉義為昏黃的夕陽、衰老。「啄　觀光成風景」雙關「啄　觀，光成風景」。為了觀光整頓市容，住戶家被清光，成為另類風景。讀者在閱讀時，不妨嘗試自行斷句，也許會得到更多更新的含意。

【作品出處】

此詩寫於一九七七年，收錄於個人詩集《違章建築》。曾選入趙天儀等編《混聲合唱：笠詩選》、林瑞明編《國民文選：現代詩卷》等選本。本書據《混聲合唱》選錄。

【作者簡介】林佛兒（1941-2017）

曾用筆名林白。臺南佳里人。鹽分地帶重要作家。曾創辦林白出版社、推理雜誌社、西港鹿文創社，曾出任《推理》月刊、《鹽分地帶文學》雙月刊總編輯。七〇年代加入龍族詩社，又曾多次擔任鹽分地帶文藝營總幹事。旅居加拿大期間曾創辦加拿大華文作家協會，並出任會長。著有詩集《芒果園》、《重雲》、《臺灣的心》、《鹽分地帶詩鈔》，以及長篇小說、短篇小說集、散文集多種。

〈鹽分地帶〉

林佛兒 作

未曾設想，我們是一群在地上被踐踏的人的鹽分

凝固以後，
我們不同於黑臉煤礦
我們有雪白的皮膚
而煤深埋於地底下，我依附海涯
煤燃燒燃燒
我結晶結晶

雖然經過食道
但我們不僅是一隊礦物質
我們可詩可頌
可成為風景，也可化為長河

林佛兒

不曾間歇
我們貫穿了人類的胸膛

我們一直孳生也一直滅亡
在鹽分地帶
我們雖然粗糙，雖然卑微
但我們堅持
是一群永恆的自由顆粒
在貧瘠的土地上發光

鹽啊，鹽啊

【賞析】

林佛兒〈鹽分地帶〉一詩，要為鹽份地帶的文學精神塑像。鹽分地帶的新文學，是土地的文學、人民的文學。林佛兒借助鹽的意象，為鹽分地帶文學寫出宣言一般的詩作。

第一段首先出現「地上的鹽」此一形象。對鹽田子弟來說，在鹽田裡工作，地上有鹽分，是生活常見的形象。但這個形象其實也來自《新約聖經》的〈馬太福音〉第五章第十三節：「你們是世上的鹽。鹽若失了味，怎能叫它再鹹呢？以後無用，不過丟在外面，被人踐踏了。」地上的鹽，確切意思何指，在神學界尚有多種說法，不過一般多指某人謙遜而缺少主張。林佛兒此處借用地上的鹽的謙遜形象，來指鹽份地帶文學的篤實謙遜與溫和。

這一段還有「煤」的形象。煤與鹽，一黑一白、一火一水，恰成對比。中國左翼詩人艾青曾寫過〈煤的對話〉一詩，以煤象徵人民。詩中說，煤比壓迫它的板塊年齡更大，資格更老，植物必須經過萬億年的壓迫才能變成煤礦。他們雖然一向默不作聲，卻沒有妥協。如果給他們火，他們就會燃燒起來。艾青的詩寫出受壓迫的沉默人民，像煤一樣隱藏著燃燒的力量。林佛兒則用鹽象徵底層謙遜人民的另一種安靜的力量。它不燃燒，它結晶；它在地上，祛除不潔。

第二段寫鹽是人生活的必需品。如果缺乏鹽分，人的健康就不均衡。鹽是開門七件事（柴米油鹽醬醋茶）的其中之一，但鹽田也有不輸給風花雪月的美麗風景。鹽溶在水中，流入歷史的長河，伴隨一代代人類的生活。

第三段寫鹽的生產與消失。鹽是結晶體，但不是珍貴的礦產。它被人攝取就消失、被水融解就消失，而海水曬乾，甚至人的汗水蒸發，又會產生鹽分。它卑微，毫不珍貴，但如果沒有了鹽，人就活得沒有滋味。鹽山的鹽，都還是粗糙的粗鹽，在陽光照耀之下，像是潔白的雪山，閃閃發光。

鹽是謙遜的，可以丟在地上。鹽是聖潔的，可以祛除不潔。鹽是必需的，是人必須攝取的礦物質。鹽是自由的，它會消失卻也可以長期保存，會出現在土地上，也會在身體裡默默維持生命機能。鹽是美麗的，它閃耀著光輝，成為一片風景。林佛兒歌詠鹽的種種特性，用來期許鹽分地帶的文學家，學習鹽的特質，謙遜、聖潔、必要、自由，而且美麗。

【作品出處】

此詩發表於一九八二年三月《鹽雜誌》創刊號，為該刊發刊詞。收於個人詩集《臺灣的心》及《鹽分地帶詩鈔》，並曾選入黃勁連編《南瀛文學選：詩卷一》，綠蒂、一信編《中華新詩選粹》等多種選集。本書據《鹽分地帶詩鈔》選錄。

〈幽徑〉

林佛兒 作

這是一條人跡罕至的小徑
通往邊防的哨站和漁岸
兩旁電線桿密集連綿
煞是奇觀
而野花和芒草列隊相迎

白鷺鷥來飛翔
高腳鴴來踮足
有些釣者騎著摩托車
噗噗而來
驚起了無限的廣闊

紅夕陽不經意的亂竄

這裡那裡到處相隨
掛在眼前便是一片通紅
好像大自然最瑰麗的色彩
通通灑在這裡

幽靜必寂靜，而人必寂寞
起始與經緯
通往何處，命運已註定
這一堂幽幽的哲學課
天天在此上演

【賞析】

這是作者自己相當喜愛的晚年作品。詩中的幽徑，是位於將軍鄉的一條村道。這條路海風經年吹拂，人跡罕至。他曾設想自己過世之後，能埋葬此地，靜靜觀看，一想到這件事就覺得非常安心。

這條村道很平凡，也很單純。林佛兒曾為它拍攝照片，與詩一同收入《鹽分地帶詩鈔》。站著一眼望去，一時也望不到盡頭。好像是在暗示生命，明明不是沒有盡頭的長路，但眼中所見，卻好像能接到天際。如果能埋骨於此，墳墓會是唯一的住戶。這裡有一整片海依傍著村道，有壯麗的紅色夕陽，有水鳥會來這裡覓食、棲息。還有兩旁列隊的電線竿、野草與野花，簡單而整齊地朝著路的盡頭綿延而去。

如果不是詩人特別提醒，這是一條很容易被忽略的路。然而正因它的平凡與單純，詩人才更鍾情於它。像是一堂美好的哲學課，為生命提供可能的答案。

【作品出處】

此詩發表於二〇一二年十月份的《鹽分地帶文學》雜誌，並收錄於個人詩集《鹽分地帶詩鈔》。本書據《鹽分地帶詩鈔》選錄。

【作者簡介】鄭烱明（1948-）

出生於高雄，籍貫臺南佳里。內科醫師，一九七〇年於臺南市八〇四陸軍總醫院擔任實習醫師一年。曾創辦《文學界》、《文學臺灣》等雜誌，並曾出任臺灣筆會理事長、笠詩社社長。有詩集《歸途》、《悲劇的想像》、《蕃薯之歌》、《最後的戀歌》、《鄭烱明詩選》、《三重奏》、《凝視》及臺語歌謠集《永遠的愛》等。

〈旅程〉

從夢中出發
去尋找
不受污染的愛
是一次痛苦的旅程

當然
沒有經歷挫敗和恐怖的你
永遠無法理解
也無法想像

從夢中出發
穿過恨的鐵絲網
抵達目的地時

鄭烱明

也許正在狂暴的沙漠中
也許正在燃燒的森林裡
無處可逃

這時，所有的希望
會化作一隻不死的鳥
沖出
飛向故鄉的天空
不再回來

【賞析】

鄭烱明的詩一向關心政治，這首也是。他知道這個社會上很多人不關心政治，他們沒有遭受迫害的親身經歷，不懂受過苦的人為什麼憤怒，為什麼堅持。在進行政治迫害之後，為了維持穩定，統治者必然會粉飾太平。有的人真心覺得平安幸福，有的人卻充滿不安與恐懼。

作者在詩的第一段告訴習於太平的人：尋找不受污染的愛，是一次痛苦的過程。言下之意是說：如果你去尋找，會痛苦的發現，所有的愛與太平都受過污染。第三段作者又說，你在尋找過程中會開始看到種種阻攔（恨的鐵絲網）。最後找到的，也不會是令人寬心的美好結果，而是整個生存環境的毀滅（狂暴的沙漠、燃燒的森林）。到了第四段，作者給你一個答案：這些從夢出發去尋找愛的人，最後會化為不死鳥，遠離故鄉，變成為理想而自我放逐的人。

這雖然是一首會令人心情沉重的詩，但也同時讓人知道政治離我們不遠。看似沒有政治的地方，背後可能都有政治力量在默默運作。一步步挖掘，發現政治的無所不在，確實會讓人感到心痛。

【作品出處】

此詩發表於一九八二年十月號的《文學界》季刊，收於個人詩集《最後的戀歌》。曾選入爾雅版《七十一年詩選》，並選入趙天儀等編《混聲合唱——「笠」詩選》、林瑞明編《國民文選：現代詩卷》、李敏勇編《致島嶼：青少年台灣文庫新詩讀本》等選本。本書據《混聲合唱》選錄。

【作者簡介】龔華（1948-）

筆名佑華、臨頻、沈萌。祖籍四川，生於臺南新營，現為乾坤詩社社長。著有詩集《我們看風景去》、《以千年的髮》、詩畫文集《永不說再見》、小品《情思．情絲》與散文集《愛過》。

〈以千年的髮——給母親〉

龔華 作

昨夜，妳來了
梳理我枕上的髮
甜蜜的毛囊裡
揪著微微的痛
那來自古老的妝鏡前
我們的身影重疊
又重疊

佈景在蒸騰
鏡面的煙霧中
後院裡只有大圓裙
來不及似的圍繞著桂花樹

白茫茫的真空裡
我蹲在裙裾邊
看輕快的妳揮動著竹掃帚
彷若加上那身旋轉的髮
便可席捲滿園子
昨夜星光的痛

鬆軟的草地上
剩月那淺淺的彎
依妳的樣
勾住在白日生長的我
那熟透的腰肢啊
飄浮又孤伶伶
趕在痠痛的黎明前

我不敢停歇地畫著圓舞曲
依然聞不到熟悉的桂花香
夢說著這是夢
沒有嗅覺也沒有聽覺的

寧願無止盡的哀傷著
黑漫漫的時空裡
我再一次揪著甜蜜的痛
是否能鎖住夢
從今夜起
以兒時的桂花香
纏繞
以千年的髮

【賞析】

詩中用幾個與母親密切相關的意象貫串全篇。第一段的「昨夜你來了」，暗示著過世的母親來到女兒夢中。接著詩中反覆出現長髮、桂花香、旋轉的身姿、打掃庭園，寫的是母親的身影。詩中的母親，從一開始為女兒編髮，到後來在庭園打掃，接著又寫出隱忍的病痛，然後是兒時熟悉的桂花香。早已步入中年的女兒，在夢中仍是需要母親呵護疼愛的少女。一些異於平日的暗示，如蒸騰的布景、鏡面的煙霧，暗示著這是一場夢境。詩的最後，作者期盼那連結母女的長髮，能夠纏住這一刻的親情，將母親永遠留下。

此詩有濃厚的情感，透過幾個強烈的意象反覆交織，把母親的形象留在文字裡，留在夢中，傳達出女兒對母親無止盡的思念。

【作品出處】

此詩發表於二〇一五年五月十日《聯合報》副刊，收入作者個人詩集《以千年的髮》。本書據《以千年的髮》選錄。

【作者簡介】林仙龍（1949-）

曾用筆名林聲、沈出。臺南將軍人。現居高雄左營。曾主編《南縣青年》三年，為主流詩社、林家詩社、大海洋詩社同仁。創作領域以散文、新詩、兒童文學為主。現為高雄市文藝協會理事長、立委黃昭順辦公室主任。著有詩集《眾山沉默》、《濤聲試問》、《夢的刻度》、《每一棵樹都長高》，及童詩集、散文集多種。與筆名河洛的詩人林仙龍同名同姓。

〈菓樹園和菓子們〉

林仙龍 作

果子掛在果樹隨風飄搖
果樹對果子們
不能有任何的許諾
一些墜落的
菓子，不安的
仰望。不同時間墜落的果子
居然不相信共同的命運

還有許多許多
果子繼續成長。繼續
懷著歡愉和甜蜜
一座廢棄的果園
不同的果樹繼續

成長。繼續的舞動
枝椏；繼續和風雨
晤談以及
搏鬥

果子墜地，果子腐爛了
果樹不想說什麼。果子不想看見什麼
忘了，只有忘了這些不愉快
姑且放縱的開花。姑且自在的
結果

【賞析】

海軍詩人汪啓疆指出，林仙龍的詩「每一首詩都有一種思想沉痛，每一滴生活都具一些省察的酸甜」。林耀德指出，「林仙龍的詩在文體的整體傾向上是抒情的，但是就内在的旋律看則是『沉思』的。」換言之，林仙龍的詩以意象的語言思考議題、表達關懷。在將議題變成意象語言後，即於敘述中表現抒情。

〈菓樹園和菓子們〉即可以這種方式來解讀。這首詩中有三種意象：果樹、果子、果樹園。果樹身上生長出果子，似乎可以決定果子的命運未來。但是果子成熟進程，非果樹所能控制；果子成長於果樹，然而又有自己的命運。他們對於離開果樹之後的命運，感到害怕。因為它們將不被被採收，它們都掉到荒廢的果樹園中腐爛。果子、果樹對此無能為力，在搖動枝椏、與外界博鬥的同時，他們只能假裝看不到，假裝生命很美好，從而放肆地開花、自在的結果。

這首詩可能是寫教育的。果子是學生，果樹是教師，果樹園是校園。而這樣的教育，是令人茫然的教育。教育並未給學生（果子）帶來生命的改變，教師（果樹）也無能力改變學生什麼，他們甚至還得不斷地招生，把注意力放在那些暫時還沒面臨畢業問題的新生上，看他們青春生命的勃發，從而暫時忘卻未來的不愉快。

而從作者的海軍經驗推想，這首詩也很像在寫海軍弟兄的。果子是海軍弟兄，果樹是海軍大家庭或者海軍長官，果子園是軍隊大環境。海軍大家庭（或者長官）不能給海軍弟兄許諾，海軍弟兄一個個都在面對墜落的命運，但個別的海軍弟兄又希望好事會發生。而整個軍隊大環境是荒廢的，海軍只得在這裡面得過且過，逃避現實。

海軍與陸地上工作的人的最大差異是：海軍「同舟共濟」的感受特別強烈。身為出海的海軍，不容許疏離、不容許不與別人發生關係。因為大家一起生活在一艘船上，如果沒有向心力，很容易便被大海吞噬。每一個人都要和他人緊密相連，成為生命共同體。這樣的性格也會帶回陸地上，成為永遠的人格特質。然而，當海軍大家庭本身風雨飄搖的時候，與海軍共同命運的海軍弟兄，他們以性命相託、卻發現前途灰暗，個中的滋味，想必相當難受。

其實，這首詩也可能是寫其他身分的人。只要他們存在著個體、長官、大環境的關係，便可以納入解釋。可能是寫公司、可能是寫政府單位、也可能是寫其他。作者既已選擇意象之語言，其意便是在只寫普遍共通的心境，而不是針對個別對象發表評論。

【作品出處】

此詩曾選入黃勁連編《南瀛文學選：詩卷二》，修改後收於二〇〇八年出版的個人詩集《每一棵樹都長高》。本書據《每一棵樹都長高》選錄。

【作者簡介】林梵（1950-）

本名林瑞明，臺南人。臺灣大學歷史研究所碩士，日本立教大學研究，成功大學歷史系名譽教授，臺灣文學館開館館長。研究領域包括賴和、楊逵以及日治時期的臺灣新文學等。著有詩集《失落的海》、《流轉》、《未名事件》、《青春山河》、《海與南方》、《日光與黑潮》等。

〈我即你〉

林梵 作

以「我」為中心而活
不要在意別人眼光
「我」如不存在
山川大地不存
萬事萬物就不存
上帝不存在
諸天神佛亦不存

某一個時空
「我」來，佔有一個位置
另一個時空
「我」去，必得讓出位置
另一個「我」

林梵

重新探索自我
社會、國家、國際
複雜的網路
地球、太陽系、銀河
不斷膨脹擴大的宇宙

所有必得有「我」
「我」就是中心
不管身處何方
「我」就是中心
以「我」延伸出去
光明與黑暗
都是「我」的分身
即使世界衝突、戰爭
殘破、憂傷

核武威脅、國土危脆
殘破的地面，終要
再長出美麗的花草
有一天，都要趨向美好
光明重新復現

【賞析】

這首詩既可以看成論詩詩，也可以說是詩人思考人生意義的心得。林梵的另一個身分是學者林瑞明。學者林瑞明在進行研究時，欣賞賴和、楊逵這種為弱小民族發聲的作者。但詩人林梵創作時，喜歡無拘無束、天馬行空。林梵在病後，對生命有了更新的體悟。身體的病痛使心靈敏感，從而注意到很多過去不太注意的問題。

作者以此詩為詩集的序詩，賦予它論詩詩的成分。標題雖然是「我即你」，但從頭到尾都是在跟「我」講話，沒有提到「你」。然而，他又是用第二人稱在跟「我」對談。由此可知，題目中的「你」，表示的是第二人稱傾聽的主體。

作者是無神論者，他把「我」的存在，放大到宇宙中心的地位。如果沒有「我」的觀照，神佛、上帝都不會出現。是「我」突顯了那些高於我的存在確實有意義。同樣的，「我」之於歷史，之於國家，之於政治、戰爭與災難，都是先有具體的小「我」，才得以彰顯出大「我」的意義。

如此極端的肯定「我」，很有可能會把「我」關進象牙塔中，成為只關心自己的人。然而，林梵在標舉「我」的重要性時，也一一衡量了宗教、社會、國家、國際的位置。時刻關心「我」在上述這些脈絡中所扮演的角色，「我」的重要性乃是基於對外在世界的長期關心所得出的明晰答案。他用對「我」的肯定，建立了明確的主體。「我」的價值，並不是消融於大「我」的需求。相反的，大「我」是因為確認、提供了「我」的位置，才使價值得以明確起來。

其實詩人林梵的體會，並不是憑空出現。釋迦牟尼降世之時，一手指天，一手指地，表達出「天上天下，惟我獨尊」，說的其實是相似的道理。詩人在身體染病之後，意識到「我」的脆弱，卻有了如此朝氣蓬勃的體會，令人眼睛為之一亮。

【作品出處】

此詩發表於二〇一五年六月《鹽分地帶文學》，收入林梵《日光與黑潮》，為該詩集之序詩。本書據《日光與黑潮》選錄。

〈黃花風鈴〉

林梵 作

突然。群樹招呼群樹
擠掉綠葉，生命迸裂
花開爭先恐後
黃花風鈴爆滿枝頭
色彩高純度明亮
洋溢春的氣味

單調城市鮮活起來
一路點燃喜悅
風來，黃花風鈴動
為春天寫詩
感染一個個過路人
心花怒放開

群樹花海燦爛醒眼
欲挽留春天倩影
構思相對應的詩
一首詩正在進行
風來，黃花風鈴落
轉眼飄零過半

滿地花魂無聲
昨日黃花吹落盡
萌發新芽嫩綠葉子
枝條下垂紛紛孕生
不起眼長莢果實
一首詩仍在進行

【賞析】

詩人寫作此詩的那年，南臺灣的黃花風鈴木異常盛開，網友以「爆花」來形容這一場盛放，紛紛拍照上傳到社群媒體。然而，黃花風鈴木盛放的原因可能與氣候有關。專家推測，可能與當年乾旱缺水，樹木努力散佈花粉以求生存有關。

在還不知道黃花盛開的確切原因之前，民眾看到如此亮麗的繁金豔黃，都會心生愉快讚美之意。原本平凡無奇的行道樹忽然變成美麗的點綴；而近年來流行的手機拍照上傳，也使這樣的生活美景，可以在瞬間風靡全臺。一時間，網路上湧現大量繁花盛景的照片與題詠文字。詩人林梵對此美景，也不免動容。

詩人早已知道黃花風鈴木是因為生存危機才會灼灼其華。他先說黃花「擠掉綠葉、生命迸裂」、「爭先恐後」，然後才說它「點燃喜悅」，感染過路人「心花怒放開」。他知道這種爆開不會是常態，很快就會凋零，又留意到花朵凋零後的不起眼長莢果實，孕育著新的生命。

事情有表象、有原因。人看事情，也可以有眼光、有態度。黃花風鈴木的盛開是表象，乾旱是背後的可能原因。有的人會覺得美麗背後的原因原來並不單純而感覺很諷刺，但詩人卻另有態度。他看到的是殘春的尊嚴與旺盛的生命力。黃花盛放的炫爛光彩，本身已值得謳歌；而它面對生命危機，勇敢拼搏所綻放的昂揚生命力，難道不是更加動人嗎？

【作品出處】

此詩原發表於二〇一五年四月《笠詩刊》，收入個人詩集《日光與黑潮》。本書據《日光與黑潮》選錄。

【作者簡介】袁瓊瓊（1950-）

曾用筆名朱陵，四川眉縣人。出生於新竹，二十歲前成長於臺南。早年寫作新詩，後成為知名散文家、小說家。曾獲中外文學散文獎、聯合報小說獎、時報文學獎等。已出版著作二十八種，代表作《今生緣》、《滄桑備忘錄》。有三十年以上編劇經驗，戲劇作品散見臺灣與中國大陸，曾入圍金馬獎最佳編劇。近期作品《五月一號》（周格泰導演）於二〇一五年上映。

〈午夜曇花〉

袁瓊瓊 作

午夜曇花
為自己
在黑夜裡幽幽開放
展開了潔白的臉龐在
等待
顏色
——只有黑夜
曇花的貞潔是
無人觀看
香過
美過

袁瓊瓊

然後凋謝

【賞析】

根據《教育部國語辭典》的解釋，曇花有兩種，一是仙人掌科曇花屬，多年生多肉質草本植物。一是桑科榕屬落葉灌木，全名叫「優曇鉢羅華」。前者又名瓊花，只在夜間開放，花期很短。後者花朵藏在囊狀總花托裡，因此給人不開花的印象。在佛教的說法中，只有聖王出世才會見到曇花開放。「曇花一現」這個成語原本是指佛的出世說法如優曇婆羅華，其含意有二：其一指適當時機才會出現，其二是指稀有難得。一般場合也用來指人或事物一出現不多久就消失無蹤。

關於曇花開放，還有一個民間傳說。傳說曇花原是花神，日日開花，四季燦爛，後來愛上每天來除草澆灌的年輕人。好景不常，玉帝拆散他們，把曇花貶為只能在夜間開放的花，並且把年輕人送去靈鷲山隨佛祖出家，遺忘前塵，化身為韋馱尊者。韋馱尊者再見到曇花時，已經不記得她是誰。曇花只好寄望須臾的燦爛可以喚醒韋馱的前塵回憶。

隨著民間故事的長期流傳，曇花與韋馱的故事，開始出現各種不同的細節。共同的部分是曇花與韋馱的有一段男女之情。作者想必知道這個故事，但她卻不把曇花的美寄託在這段逝去的愛情上。故事裡的曇花是為了喚回愛情而盛放，但在詩中曇花就是在展現自己而已。不求人關注，不求人評價，只是自開自落，在黑夜中開成一朵白色的花，不與繁花爭豔。該凋謝的時候就萎落，不求永遠。

花的美好不用依附於人，人的美好也是如此。詩人歌詠曇花的同時，也像在告知習慣依附的人，不要因為沒人看見，而倍感哀憐，要把自己從這種困局中解放出來。詩人甚至說，無人觀看，正是曇花最想要保有的貞潔呢！

【作品出處】

此詩原發表刊物不詳，曾選入一九八一年出版的《剪成碧玉葉層層——現代女詩人選集》（張默編，爾雅出版社出版）。本書據《剪成碧玉葉層層》選錄。

【作者簡介】陳鴻森（1950-）

高雄人。臺大中文系畢業，現為中研院史語所研究員。二〇〇七年起，任成功大學中文系合聘教授迄今。曾出任教育部顧問、文化部國寶重要古物（圖書文獻類）審議委員、傅斯年圖書館館長。著有《漢唐經學研究》、《乾嘉名宿年譜彙編》、《清代學術史考證》等。文學創作方面，以現代詩為主，兼及散文、評論與翻譯。曾參與《盤古詩頁》創刊，加入笠詩社，推動笠詩社之學術整理與研究。曾出版《期嚮》、《雕塑家的兒子》、《陳鴻森詩存》與《臺灣詩人選集——陳鴻森集》等詩集。

〈天燈〉

陳鴻森 作

遺忘這個城市吧
這是個充滿算計和偽瞞的人間
活著
像一隻在馬路車陣中
左右閃躲
倉皇的狗

像沒有主題的作品
盡是冗費扭曲的文字
終究 還未尋著一句
鏗鏘有力的結語
只好 苟且
一日日活了下來——

陳鴻森

忽然　我看見
我那不知在何時何地失散的靈魂
冉冉上升　上升
遺忘這世界吧
越是遺忘盡淨
才能無重量的高升彼界

臨終的眼闔上之前
匆匆　最後一顧——
只有性愛
還稍稍值得回味
因著這樣眷戀產生的一點熱能
飄浮的靈魂竟透著微光

那一盞盞　熒熒閃動的

都是疲憊而孤獨的靈魂嗎

【賞析】

天燈又稱孔明燈，傳聞古代軍隊用它來傳遞軍情，現代人則用在它來祈福。施放的人先在天燈上寫上祝願文字，然後點燃燈火，運用熱空氣上升的原理，讓天燈隨著熱流冉冉升空。願望清單飛向天空，好像我們的心聲也能被上界的神明聽見。隨著國內觀光業推動，施放天燈已經成為新北市平溪區著名的觀光活動。

詩人突發奇想，用擬人化的口吻，想像著天燈是個承擔社會過度期望的人。這個人也許只是個孩子，但那些施放的人卻自私地在他身上留下過多的願望——潦草零亂的筆跡顯示施放的人也搞不清楚他們的願望是什麼——然後就把它施放到天空去了。

對地面的人來說，天燈飛到天空，從眼中消失，祈福的儀式就結束了。可是對天燈來說，它卻是越飛越高、越飛越遠、越飛越孤單。在燃料燒完之後，一樣要降落回地面，成為垃圾。這樣想來，天燈並沒有真的幫誰實現過願望，但卻要承受著別人的希望與自己的失望。於是作者就把飛向天神去祈福的天燈，想像成告別令人厭煩的人間。

帶著終將一死的孤獨心情，天燈朝著高處飛去。但第二段，卻意外再寫出生命的莊嚴。詩中以性愛來隱喻燈火的熱能，寫出即使是即將死去的生命，也仍眷戀生命的美好與溫暖。天燈看著其他還未熄滅的天燈，感覺到這條孤單的路上，其實還是有伴侶的，只是太疲憊了，太疲憊了。

【作品出處】

此詩原發表於二〇〇三年四月廿四日《聯合報》副刊及二〇〇三年十月《笠詩刊》，收錄於《陳鴻森詩存》。並選入二魚版《二〇〇三臺灣詩選》、鄭烱明編《穿越世紀的聲音．笠詩選》、李敏勇編《複眼的思想：戰後世代八人詩選》、陳明台編《臺灣詩人選集——陳鴻森集》。本書據《陳鴻森詩存》選錄。

〈伊拉克戰事〉

陳鴻森 作

透過電視實況轉播
我們參與了一場戰爭
隨著盟軍的進擊和轟炸
從一個頻道轉到另個頻道
眼睛　像照明彈
不放過任何一個畫面
我們是不在場的
參戰者

每一個橫空而過的光點
都劫奪了若干的「生」
每架轟炸機的升空
都使某些現在和未來

在瞬間
立時成為不可復的過去
因為他們被稱為邪惡軸心
面對殺戮與哀號
我們甚至沒有一點痛的感覺

隨著盟軍日夜挺進
我們彷彿也在那跋涉的隊伍當中
而那同時
海峽對岸　四百枚導彈
正瞄準著我們的城市
忽然
我們從阿里的斷臂
從嘶喊著「Water, Water」男孩乾渴的聲音
從初死者微張的口

從孑遺者茫然的眼神
看到我們孩子的身影
有一天　或者
他們也將面對
同樣的劫掠

巴格達灼灼燃燒的夜空
那是月彎文化最後的餘暉
Cradle 仍然搖晃動盪
五千年文明的進程
終究　只是
侵凌和掠奪改變了型態而已
人間　原本就是一處
失樂園——
彷彿從伊拉克旅行歸來

漫天沙塵刺痛我們
通紅的
眼

【賞析】

二〇〇三年，美國總統小布希以推翻伊拉克海珊政權、搜尋並銷毀藏匿在伊拉克境內的大規模殺傷性武器與恐怖分子為由，向伊拉克宣戰。地面戰以美、英、澳等多國部隊及伊拉克叛軍為主，支持多國部隊的國家共計四十九國。

然而這場戰爭的正當性始終飽受爭議。二〇〇一年，美國本土發生九一一事件，當時總統小布希便將伊拉克、伊朗、北韓宣布為「邪惡軸心國」。後來的伊拉克戰爭，便是向邪惡軸心國宣戰。然而，葛林斯潘（美國聯邦儲備委員會前主席）在回憶錄中曾表明，「進攻伊拉克很大程度上是為了石油。」這場戰爭在二〇一一年歐巴馬總統宣布撤兵後宣告結束，最後完全沒有為伊拉克帶來和平。二〇一四年伊斯蘭國興起，其影響至今未明。

陳鴻森寫這首詩的時候，正是伊拉克戰爭剛開始之際。這場標榜速戰速決的戰爭，在開戰三個月就已攻入伊拉克首都巴格達。其實，遠在臺灣的我們，對這場戰爭有切身感受的人並不多，一般民眾也只是隨著電視新聞起舞，與以美國為首的盟軍站在一起。

詩的一開始，敘述視角跟隨多國部隊盟軍的攝影鏡頭，隨著盟軍掃盪伊拉克境內。電視機前的我們如同不在現場的參戰者，希望趕緊消滅敵人，結束戰爭。

但是此時詩人突然轉念一想，海峽對岸可是有四百枚導彈瞄準我們。臺灣很有可能會成為被攻擊者，我們這時站在攻擊者的角度看戰爭，難道沒有問題嗎？

接著，詩人又提到了男童阿里。伊拉克戰爭期間，一個名叫阿里的伊拉克男童，在盟軍的轟炸行動中喪失雙臂。他躺在病床上等待救援的無助神情，被西方記者拍了下來。這張震撼人心的照片，促使歐美媒體反省伊拉克戰爭的正當性。就是這樣無辜而純潔的眼神，讓詩人想起躺在病床上的，也有可能是我們自己的孩童。如果有一天，侵略者以消滅我們為正義，在他們的媒體裡面大肆報導，難道我們可以忍受嗎？

最後，詩人又提醒我們，伊拉克位於肥沃月彎，屬於幼發拉底河與底格里斯河所孕育的兩河文明。它是人類文明的搖籃，決非天生邪惡。Cradle 意為搖籃，詩人由此聯想，文明的搖籃如今卻成了動盪的文明，莫非搖動搖籃的力量，就是你爭我奪的戰爭嗎？我們被沙塵刺痛而通紅的眼，究竟是被沙塵刺紅的？還是跟著盟軍殺人而眼紅的呢？

這首詩寫的是遠方的戰爭。遠方的戰爭，不會給我們切身之痛；但是人道主義精神，又使我們在面對戰爭的時候心有不忍。作者此詩正是透過同理心，擴充我們的不忍之心。提醒我們戰爭的殘酷，不要隨意地把戰爭簡化為消滅邪惡，而覺得不痛不癢。

【作品出處】

此詩發表於二〇〇三年十月《笠詩刊》，收錄在《陳鴻森詩存》。並選入鄭炯明編《穿越世紀的聲音・笠詩選》、陳明台編《臺灣詩人選集——陳鴻森集》。本書據《陳鴻森詩存》選錄。

【作者簡介】李若鶯（1950-）

出生於高雄縣仁武鄉，現居臺南永康。曾任教高雄師範大學國文系、華語文教學研究所，現已退休。曾任《推理》月刊、《鹽分地帶文學》雙月刊主編。著有詩集《寫生》、《謎・事件簿》，並有學術著作多種。

〈茼蒿花盛開的園中〉

李若鶯 作

那曾是深冬的軟綠
以一種愈剪愈茂密
愈傷害愈要繁衍的信念
密密地覆蓋冰冷的園圃
我曾慚愧地放下剪刀
俯身致意輕輕地摘取

茼蒿花盛開的園中
我禮敬造化的力量

供養人類蟲鳥蝸牛而有餘
在早春的暖陽下
茼蒿開出一園黃色的花蕊

似菊非菊
似葵非葵
蛺蝶蜂蛾恣意嬉戲

我看到少女穿行草萊走成少婦的跫印
茼蒿花盛開的園中

那曾是桌上的佳肴火鍋的良伴
以一種視覺的綠意味覺的甘香
而今是瓶中的繽紛
以一種梵谷向日葵的情懷喚醒沉睡的精靈
紛飛的語句奔騰的線條
在春之晨的迷霧中被堅實地捕捉
茼蒿花盛開的園中

我注視著光陰的足跡

【賞析】

關於此詩，作者曾表示：「茼蒿會開花，花貌似單瓣菊，是早就知道的，但是住到鄉下，才認識茼蒿花之美。左鄰右舍的茼蒿菜圃，冬天時往往被摘得矮矮的，春天到來，吃火鍋熱潮已過，茼蒿一株株長高含苞開花，是春日田園最美麗的風景，也是我居室最家常的瓶插。」作者從種菜中得出人生體會。從堅持個人的規矩，到禮敬造化的力量，詩人學會欣賞生命自身，也得到個人的成長。

開始種菜，作者可能想得比較單純，可以全按自己的想法整理菜圃。然而蔬菜自有其生命力，「愈傷害愈要繁衍」。作者後來就放任它自由生長，只向大自然的成果中輕輕摘取一些饋贈。

種菜的人一般都會想要利益最大化。最好整個菜圃種滿時蔬，不要有雜草，也不要有害蟲害鳥。但就在作者學會禮敬大自然的恩典以後，她才開始轉念，菜本來就不全是給人吃的，部分的菜本該讓蟲、鳥、蝸牛同吃，人類其實是和牠們共享一部分而已。因此她也不去除蟲，讓菜圃變成蛺蝶蜂蛾遊憩的園區。放任沒吃完的茼蒿，開滿美麗的黃花。雖然茼蒿開花之後就不好吃了，不過茼蒿是菊屬植物，那滿菜園的黃花，誰說不是詩意的菊花呢？

茼蒿有個俗名叫「打某菜」。因為剛摘採下來的茼蒿看起來體積很大，煮熟後卻縮得剩下一點點，讓人錯誤聯想到「媳婦偷吃，真是該打」。這樣的名字反映過去婦女的艱難處境。而在詩中，作者也以茼蒿暗喻女性的成長。從原本堅持要整理的少女，變成放任欣賞各自生命美好的少婦；從原本火鍋料理的配角，變成插在花瓶的主角。不做成菜的茼蒿花，也可以像梵谷名畫中的向日葵一樣，黃澄澄的，成為藝術家捕捉的對象。這得經過時間的淬練，才能有如此的領悟。

【作品出處】

這首詩寫於二〇一二年二月廿八日，曾譯為英語與西班牙語，收在個人詩集《謎．事件簿》中，本書據《謎．事件簿》選錄。

【作者簡介】謝武彰（1950-）

臺南人，現居高雄。創作以兒童文學為主，兼涉現代詩。

〈過羅斯福路地下道〉

謝武彰 作

黑衣，垂首
老婦人坐在地下道
以一小竹籃，向過往行人
明喻暗喻，她的來意：
好心的先生小姐啊
請從西裝和香水中
施捨一點點吧

而，從剛瓦解的公司出來
裝滿挫敗的西裝口袋
全部緊閉著嘴巴

歉意的低下頭

謝武彰

向老婦人的背影
打了個無言的照面
領帶，趁著
背後來的一陣風
拉著我，匆匆走開。

【賞析】

臺大校門新生南路與羅斯福路的交叉路口地下道，有相當的長度。地下道裡的老乞婦，嘴巴雖然沒有說，眼睛卻望著穿著西裝、抹著香水的行人，希望能夠得到他們的幫助。

然而，從服裝去判斷一個人是不是有錢，是不準的。詩人寫到，其實眼前穿著西裝的人，剛剛從瓦解的公司走出來，滿口袋都是挫敗，滿腦子都是煩憂。

這個時候，他向老乞婦的背景打了一個照面——他甚至不敢當面看她。過去尚有餘裕所養成的「我應該幫助你」的善念，在公司瓦解的煩惱中，被壓縮得微不足道。這一點善意只夠喚起心中的歉意，已經不足以讓他再幫助人。順著秋風吹起領帶，西裝的主人感覺像是一陣拉扯，把他從充滿歉疚感的現場拉開。

心頭有餘裕的人，才能幫助別人。滿是煩惱的人，得要先清理掉自己的煩惱，否則無暇顧及他人。這首詩寫的就是工商社會下普通人所面臨的巨大壓力，替普通人呼喚求救。

【作品出處】

此詩曾選入一九八八年出版的《鹽分地帶文學選集》（羊子喬、黃勁連編，自立報系出版），本書據之選錄。

【作者簡介】羊子喬（1951-）

本名楊順明。臺南佳里人。臺灣師大臺文所碩士。曾任遠景出版社主編、自立報系資深編輯、南投縣文化基金會執行秘書、前衛出版社總編輯、靜宜大學講師、國立臺灣文學館助理研究員。著有詩集《收成》、《該是春天為我們開門的時候》、《羊子喬三十年詩選》、《羊子喬詩文集》、《西拉雅．北望洋部落紀事》及散文集、評論集多種。

〈向阿立祖禱告〉

羊子喬 作

哪噻哪噻，阿立祖
您親像西洋人的上帝，漢人的太上李老君
自從阮祖先來到美麗的寶島
您就成為阮祖先的契父
每年「參向」①的時陣
攏有準備粽子、檳榔和米酒
向您表示十二萬分的感謝

農曆三月廿九日是您的生日
阮也在三月廿九日於平埔族的部落出世
自細漢就壞搖飼
阿嬤背著阮，到阿立祖公廨
拜您為契父，拿起神案上的菅草

在阮額頭纏一圈
盼望阮的頭殼硬，身體勇健

哪嚒哪嚒，阿立祖
雖然阮已經離開平埔族的部落
來到繁華都市賺錢度三餐
每年參向，阮攏會想到
阿立祖公廨裡的神壺
有荷據時期的洋酒瓶
熱蘭遮城出土的安平壺和日本的啤酒矸
神壺盛著清水
勺起一杯靈水或飲或擦
都會讓人心安神爽

哪嚒哪嚒，阿立祖

您是公正無私的神
祭拜您不用燒金紙賄賂
只要膜拜，便會受到保護
阿立祖，您是博愛仁慈的神
不管用荷蘭、日本的酒矸或安平壺
壺中的神水都一樣靈
任何人來飲都有效

哪嘔哪嘔，阿立祖
古早您的代言人——尪姨②
率領青年男女
頭纏菅葉、簪鮮花，口中唸唸有詞
一邊向青年男女口噴平安水
一邊向阿立祖③報告族人悲慘遭遇
如今您的族人已漢化

我想：有一天您也會變成漢人的神

附記：

①參向即平埔族祭拜阿立祖之謂。

②尪姨即平埔族的女巫。

③阿立祖是平埔族的主神。由於平埔族共有十支，以致平埔族的後裔祭拜阿立祖日期有所不同，目前在佳里鎮北頭洋於農曆三月廿九日，而七股鄉番子塭和東山鄉吉貝耍在農曆九月五日，而大內鄉頭社以及隆田祭拜阿立祖卻在農曆十月十五日。

【賞析】

臺灣社會族群組成複雜，其中占主要人口的閩南人與客家人多是明清以降自閩、粵來臺的移民。當時臺灣的原住民則有平埔族、高山族兩大系，其中平埔族人性情和順，與閩、粵移民很快就融合在一起。閩粵移民多為父系社會，平埔族多為母系社會，兩者結合之後，強勢文明的閩粵移民漢化了相對原始的平埔族人，而使平埔族的傳統逐漸消融。

儘管平埔族已融入漢人，其所遺留的血統、風俗、語彙，卻進入漢人的社會。例如臺灣閩南人所供奉的地基祖，實際上即是來自平埔族的信仰。

如同漢人敬拜祖先，高山族敬拜祖靈一樣，平埔族也有自己的祖先崇拜，即阿立祖。詩人把阿立祖寫成一個有生日的人格神。他所出生的佳里北頭洋，平埔族人是在農曆三月廿九日舉行祭拜，而這天正好是作者的生日。先是這份奇妙的因緣，加上從小被揹去公廨讓阿立祖認義子，使得作者對阿立祖有種對自己祖先那樣的親暱情感。

公廨是平埔族人祭祀阿立祖以及部落聚會的場所。公廨中存放著一些古早流傳下來的瓶瓶罐罐。這些瓶罐因為貯藏著代表阿立祖能量的清水，被稱為神壺，壺中的清水可以賜人平安。作者在公廨中一面向阿立祖禱告，一面覺得這種不拿香拜拜的傳統信仰相當特別。漢人燒金紙的習俗，很像在賄賂鬼神，這反映了漢人對現實的無力感，覺得只有金錢才能真正的保平安。作者覺得平埔族人的思考方式不一樣，任何民族的子孫，阿立祖都願意像個寬厚的義父一樣仁慈地保護他們。

最後一段，作者寫出溝通族人與阿立祖的靈媒——尪姨。在平埔族的傳統儀式中，尪姨會向青年口噴平安水，又用族語歌謠向阿立祖報告平埔族人的遭遇。這段看似平凡無奇的描寫提到了「青年」，暗示了平埔族傳統風俗會繼續傳承。作者最後說，「有一天您也會變成漢人的神」，這句話從平埔族的立場來看，是傷感的；但從漢人的立場來看，這意味著漢文化兼容並蓄，將地方文化信仰轉換成自己的傳統。

【作品出處】

此詩發表於一九八四年四月廿四日《臺灣時報》副刊，並收入個人詩文集《西拉雅．北頭洋部落紀事》，是一首國臺語混用的新詩。曾選入爾雅版《七十三年詩選》、趙天儀等編《混聲合唱：笠詩選》。本書據《混聲合唱》選錄。

【作者簡介】斯人（1951-）

臺南市人。著有長篇小說《孽子》、詩集《薔薇花事》。

〈七月半〉

斯人作

入夜以後，準備放水燈了
我隨著遊行的行列
來到招孤魂的水邊
隨行的火炬高高舉起
與百萬盞的燃燈相映
當打頭陣的鑼鼓奏起了太平曲
一遍又一遍，響徹於無緣的耳際
我的內心也有一條冥河
慢慢地穿過，困擾著夢境

秋風起而木葉下，是時候了
點燃起王船來，昂起鷁首向前
生命的火燄只能燃燒一夜

我向他們呼喚，死者
目眇眇而愁予
我認得這個暗號
是我舊時的情火
感覺著近乎歡樂一般的痛苦
發自我同樣感動的靈魂

星空下的夜間飛行靜靜而過
在河上，火沉了下去
隨著鑼鼓聲消歇了
我看見一隻船兒
上頭載了我的靈魂
拚命穿過暗礁與激流
一路直奔河口向大海
在燈海當中，顛躓了一下

又快樂地趕上去了

【賞析】

臺灣早年移墾過程由於環境衛生不良與醫療水準不足，許多先民都死於瘟疫。當時人們求助宗教力量，因而形成了與驅疫有關的王爺信仰，盛行於嘉南沿海的王船祭就是這種時空下的產物。經過幾百年的演變，王船祭演變為非常重要的地方民俗慶典。

王爺的由來，有多種說法。有的說是明末進士抗清自殺、有的說是秦始皇焚書阬儒的受難讀書人、有的說是唐玄宗下令犧牲用以檢視張天師道法的進士、有的說與鄭成功信仰有關。而最為一般民眾接受的印象，可能是代表掌管瘟疫的神明。臺灣大部分的王爺廟都從臺南的南鯤鯓代天府分靈。王船祭的科儀包含放水燈與燒王船。放水燈象徵陽間對好兄弟的呼喚與招待，燒王船則象徵瘟疫被送出境外，是臺灣中元普渡重要的宗教儀式之一。

〈七月半〉是一首以中元節王船祭的科儀為題材寫的抒情詩。作者轉換角度，將自己的情感投射在施放的水燈以及被送走的王船上。民間一般將王船當成載著瘟疫離開的船，民眾敬畏它，同時也希望它就此消失，不再回來。

作者原本站在送王船出海的人群中，隨著遊行的行列進行祈福的儀式，但她的期望與民眾相反，她把水上燃燒的水燈看成「舊時的情火」，看成對同伴的呼喚。把載著瘟神的王船想成載著自己靈魂的畫舫（詩中的鷁首借代為雕飾華美的畫船之意）。她在心中流淌出一條冥河，與眼前這光亮的水景，合而為一，向人群之外流去。

這首詩一方面寫在人群中的孤單，一方面又寫與靈魂伴侶會合的快樂。題材取用的是傳統的民俗信仰，內容卻是在自述現代人的孤獨。是一首既本土又充滿現代感的詩作。

【作品出處】

此詩寫於一九八三年，發表在《聯合報》副刊，收入個人詩集《薔薇花事》。曾選入張默、白靈、向陽編《中華現代文學大系．詩卷》，張默、蕭蕭主編《新詩三百首》，陳昌明等編《臺灣詩道——府城詩選》等多種選本。本書據《薔薇花事》選錄。

〈隄防〉

斯人作

隄防之上有些什麼滾過
海水千尺，世界靜止
你的聲音模模糊糊，隔著
海鷗嘹亮而生顫抖的水氣
好像是說：月出
我堅持那是日落
你順著我的目光，遙指雙星
最先出現的美光
霧起了，盪胸生出層雲
你攜起我的手下降
到那水激成蛟，魚化為龍
一切上昇的源頭
你知道嗎

自美的源頭，我們也要上昇
　但在我的手中
你的柔荑竟是煙霧
秋水精神頓成泥土
誰知心中至善之境
　即是孤獨
我們各自努力，於此隄防之下
　你以潮汐
我以岩石

【賞析】

此詩在排版上，很容易讓人聯想到立於地面的長長的堤防。隄防蓋在海邊，是阻隔，也是保護。阻隔了海水向陸地侵蝕，保護陸地上的東西不被海水吞噬。

作者將情感投射在海邊的隄防，她用一種情詩的腔調，與一個男孩同看隄防。女孩與男孩的不同，好比隄坊與海水的不同。他們之間有些爭執，比方說，同樣是水際的微光，男孩說是月出，女孩堅持是日落，暗示著他們之間存在著不小的差異。因差異所導致的糾紛很難分得清是非對錯，但它卻讓人意識到，儘管戀愛追求的是相知的靈魂伴侶，但還是無法避免孤獨。詩人意識到「你的柔荑竟是煙霧／秋水精神頓成泥土」，柔荑用植物借代為手，手竟是煙霧，什麼都把握不住。而《莊子．秋水》篇故事中漫無邊際的秋水，也瞬間化為泥土、化為陸地，象徵精神化為現實。「你」與「我」原來有這麼多的不同，這就讓詩人意識到眼前這座隄防其實不只隔開陸海，也隔開你我。那麼我們的感情，便彼此各自努力吧。你以潮汐的侵蝕，不斷想要鬆動我；而我以岩石的堅硬，不斷回絕你的意圖。

【作品出處】

此詩寫於一九七五年，發表於《聯合報》副刊，收錄於個人詩集《薔薇花事》。曾選入陳昌明等編《臺灣詩道——府城詩選》等詩選。本書據《薔薇花事》選錄。

【作者簡介】王羅蜜多（1951-）

本名王永成，南華大學宗教學碩士，臺南市新化區戶政事務所主任。熱衷藝術創作與文學創作，經常在「吹鼓吹詩論壇」、「喜菡文學網」等網路平臺發表詩作。創作領域包含現代詩、臺語詩、小說、散文等，曾獲臺文戰線小說、新詩創作獎，教育部閩客文學獎、乾坤詩獎、臺南文學獎、桃城文學獎、玉山文學獎、夢花文學獎等。現為吹鼓吹詩論壇副站長兼南部聯絡人。著有詩集《颱風意識流》。

〈仙境〉

王羅蜜多 作

我在莫內的蓮花池偷香
僅僅竊得一瓣粉紅蕾絲
鳥囀燕聲被驚嚇而逃離了
留下陣陣腹語幽幽新綠

一直墨著，墨著兩眼渡過
夕陽駕小舟參訪的歲月
一日又一日，數年復數年
我的身軀遂如不動的軟時鐘
萎頓在廢棄碼頭

莫內在雲端拈持菡萏微笑
達摩的蘆葦猶然兀立野史波心

王羅蜜多

不停搖曳，看吧
這江上風雲正逐浪而起

腦海裡傳來漸次溫純的掌聲
而我的腳趾已然暗暗扭動
只待紅舫載回女神的絕世風華
我的繆思啊，將隨著衣衫飄飄
隨著

達摩的足跡與莫內的彩筆
飛往夢裡的銷魂仙境

二〇一五年二月觀賞李紀英荷花攝影展有感

【賞析】

據《中華日報》報導，臺南市新化區戶政事務所將公廁改裝成公共藝廊「一六六藝術空間」，並以「蓮華祕境」為名，展出新化國中退休教師李紀英老師的荷花攝影作品。本詩作者即是戶政事務所的王永成主任。

一六六藝術空間雖由公廁改裝，但展覽的效果很好。民眾如廁的同時也能受到藝術之美的陶冶。展出的主題又是「出淤泥而不染」的荷花，與環境剛好有巧妙的呼應。

這首〈仙境〉，寫的就是一六六藝術空間的荷花攝影展。仔細地閱讀詩中賞荷人的身體反應，「在蓮花池偷香」、「如不動的軟時鐘」、「腳趾暗暗扭動」，都很像是在寫上廁所。甚至野史記載的達摩一葦渡江，詩人也詼諧地把它說成是「猶然兀立野史波心」，也讓人覺得與廁所有關。

或許有人會覺得把唯美的荷塘秘境與廁所聯結在一起恐怕會褻瀆藝術。其實，廁所是靈感的殿堂。像古人歐陽脩就曾自陳，他寫文章時靈感湧現的地點往往是馬上、枕上、廁上。在讓人放鬆的廁所欣賞讓人放鬆的藝術，不但不是褻瀆，反而是最貼切的禮讚呢！

【作品出處】

此詩發表於二〇一五年二月廿五日《中華日報》副刊。本書據作者供稿選錄。

【作者簡介】胡爾泰（1951-）

本名胡其德，臺南人，中學以前定居臺南。臺灣師大文學博士。曾任教於臺灣師大、清雲科大，並赴歐洲研究四次，以文化史與詩學為專業。創作領域包含現代詩與傳統詩，出版《聖摩爾的黃昏》、《白色的回憶》、《好花祇向美人開》等六本詩集。曾獲教育部文藝創作獎、臺南古典詩徵詩獎。

〈黃昏市場〉

胡爾泰 作

旅人走進黃昏市場
想買一些晚霞回旅社
以便烹調一道綺夢好入眠

老闆說
今天天氣跟昨天一樣陰霾
晚霞沒有出貨
不妨到對面的陽光故鄉問一下
那兒可能還有一些存貨

（南瓜在一旁竊笑）

旅人走進陽光的故鄉

挨家挨戶地詢問……
港都的小雨
打在緊鎖的門扉上

旅人疲憊的心
也下起了小雨

【賞析】

作者在臺南出生，長期定居於北部，這首〈黃昏市場〉就是他在基隆所寫。基隆天氣濕冷，經年下雨，有「雨港」的稱號。住在久雨的城鎮，人的心情也容易跟著鬱悶起來。作者以旅人的心情來到基隆，某天走進黃昏市場，忽然意識到「黃昏市場」這四個字的巧妙，覺得它好像是個能夠買黃昏、買晚霞、買陽光的市集。因此他才說要買晚霞，烹調成一道綺夢。

既然已經開始聯想，作者就繼續想像下去。他想像老闆回答說晚霞已經賣光了，要去原產地問問看有沒有存貨。晚霞的原產地，那就叫它「陽光故鄉」吧。其實哪有什麼陽光的故鄉呢，旅人仍然是在下雨的基隆，挨家挨戶地詢問有沒有陽光。最後不但沒有買到任何陽光，旅人的內心也跟著下起小雨。

這是一首帶有童心與想像力的詩。用「黃昏市場」這種很生活化的名稱加上天馬行空的想像，做了一次心靈之旅。最後沒有買到陽光，意謂著心情也沒有放晴，辜負了黃昏市場這麼一個陽光的名字，可能是因為黃昏本來就是陽光要消失的時候吧。

【作品出處】

此詩寫於二〇一二年四月，原載《海星》詩刊第五期，收入個人詩集《聖爾摩的黃昏》，本書據《聖爾摩的黃昏》選錄。

【作者簡介】利玉芳（1952-）

曾用筆名綠莎，屏東內埔人，婚後定居臺南下營。笠詩社同仁、文學臺灣社務委員。曾獲陳秀喜詩獎、吳濁流文學獎、榮後臺灣詩獎、客家傑出成就獎（文學類）。出版詩集《活的滋味》、《貓》、《向日葵》、《淡飲洛神花茶的早晨》、《夢會轉彎》、《利玉芳集》、《燈籠花》及兒童讀物多種。

〈鞋子〉

利玉芳作

是因為你愛上了風景
我才樂意陪你去旅行

別為我專挑容易走的路
別只看我走路的姿態
別只聽我走路的聲音

但願是你走過許多風景
而不是我走過許多風景

【賞析】

這是一首溫柔的情詩，作者透過「鞋子」來寫感情中的付出。

利玉芳

身處男女關係裡的雙方總是彼此付出，互相體諒。但不管再怎麼彼此付出，總有其中一方是受到照顧的，另一方是更樂於付出的。樂於付出的一方對自己想要做的事情，不是那麼看重，卻把照顧好對方當成快樂的源泉。對方出於體貼，可能也會委屈一下自己，不會想做什麼就做什麼。然而作者在〈鞋子〉這首詩裡，卻鼓勵另一半勇敢去做，勇敢去看世上美好的風景，勇敢去走世上難走的路，勇敢做自己。只要對方想做的，都會義無反顧地支持。我就是保護你的鞋子，讓你忘記世界的刺痛與顛簸，陪伴你到天涯海角。

其實，這首詩既可以看成情詩，也可以看成跟付出有關的詩。除了情人，父母對子女、老師對學生，不都有這種付出的情懷嗎？

【作品出處】

此詩發表於一九八三年十月四日《自立晚報》本土副刊，收入個人詩集《活的滋味》，並曾選入趙天儀等編《混聲合唱：「笠」詩選》、彭瑞金編《臺灣詩人選集——利玉芳集》等多種選本。本書據《混聲合唱》選錄。

〈古蹟修護〉

利玉芳 作

驚喜你那疏離我的
　　遺忘我的
手
在我瘦了的乳房
索求
流連少婦初給時的豐滿
甚且
把歲月殘留的情
拿來裝飾我肚皮上斑剝的孕紋
手啊
　　整修我的
驚喜你那繾綣的愛

【賞析】

臺南歷史悠久，古蹟眾多，重視古蹟保存與活化一直是臺南的城市特色。作者在〈古蹟修護〉一詩中用女性情詩的腔調，比喻文化資產的修護，讓老舊的古蹟重新回春，是一首很有特色的詩。

詩中把古蹟擬人化為不再年輕的婦女，歲月無情地留下痕跡，不再光鮮美麗。但是有一天，需索愛慾的手重新需索老去的肌膚，使得原已老化的古蹟再度驚喜，再度漲滿生命的青春。詩中把斑剝的鮮痕比擬為孕育生命所留下的孕紋，是象徵生命力美麗的紋飾。

古蹟受到細心的修護重新煥發光彩，正如老大的婦人受到愛情的滋潤而重返青春，而沒有任何滄桑衰老的感覺，甚至讓人讀了有些害羞，以情詩的腔調寫古蹟的修護，是這首詩最奇妙的地方。

【作品出處】

此詩寫於一九八三年，收入個人詩集《活的滋味》。曾入選趙天儀等編《混聲合唱：「笠」詩選》、李元貞編《紅得發紫：臺灣現代女性詩選》、林瑞明編《國民文選：現代詩卷》、彭瑞金編《臺灣詩人選集——利玉芳集》等多種選本。本書據《混聲合唱》選錄。

【作者簡介】 翁文嫻（1952-）

筆名阿翁，香港人。巴黎第七大學東方語文博士，現為成大中文系教授，講授「現代詩」、「現代詩學」等課程。致力研究詩語言古今傳續的可能性，發掘現代作品的原創點。提出「字思維」角度解讀詩質，追源創生性詩文字後的文化能量，推衍「行動詩學」。出版詩集《光黃莽》、詩論《創作的契機》、《李白詩文體貌之透視》、《變形詩學》，散文《巴黎地球人》。

〈成大人的摸索〉

翁文嫻 作

嘈吵的育樂街有一棵榕樹
上面佈滿星星
榕樹的枝葉長著視網膜
我眼裡的世界有天在聽

誰以這種空氣呼喚？
連綿綠色已上身
青春的行業不必算計
臉轉著一種潤光
宿舍在研究實驗室有床夜深的狗吠與燈
我們同樂
永遠不知道邊界在哪兒的樂

成大人
從育樂街買一張床墊開始
課堂的聆聽與反覆辯議中
圖館外一排欒樹成熟時
清黃沉紅赭綠都是我
踏過剛硬石板聞著夜空水氣
清晨，他從自強的泥地來
漸昇的彤雲無法理解
奔跑的汗滴與肌肉的筋
步步踩下夠份量的洶揚起浮塵
他要去得比傳說的天界更遠

確實難以明白
工學院都是三合院
古老的迴廊苔痕斑駁

靜靜守候八十年了
冬天你走進去一大叢白色茶花
澀澀地開著聲音
我們不懂工科人
什麼事將大片大片欖仁葉作主要的材料
將整片秋藍染紅
我們坐在葉子砌疊的庭院
思考程式的創造

人材是什麼？
他走到每個世代無解的中心
完全不切實際的人與狀況
我們不知道坐在哪兒
小鹿說：我懂
就是那個林子的

原本黑色
有了腳印和願望
我身上也有海水和珍珠

海水慢慢滿貫
我踩著盪漾的迷蹤
接近核心的時刻
全面不可解不可期的光團
一直俯身下來

【賞析】

本詩作者任教於成大中文系，這首詩是作者應學校之邀，為校慶所作。成功大學以理工科著稱，經常被企業界推選為最愛人才排行榜的第一名。受到企業界的喜愛，一直是成大辦學的金字招牌。但是在這首詩中，翁老師對於教育的本質與人的成長有些懷疑與思考，反而對「企業界最愛」這塊招牌，並沒有馬上接受。

在一些人的想像裡，大學教育是就業人才的職前教育。透過大學四年的訓練，在畢業的時候已經具備各種適應於職場的專業能力與團隊合作的能力。然而人的成長有著無限可能，對一個不安於既定道路的靈魂來說，大學是一個探索知識，甚至摸索自我的環境。經歷四年的摸索與確認，瞭解自己能做到什麼、要的是什麼、志向在哪裡，才有可能選擇即將踏上的道路。換句話說，為企業界培養人才並不是所有成大老師都引以為豪的。

作者對各種既定的道路都有點疑心。在這首生活化的詩中，她點出了種種小矛盾。比方「宿舍在研究」對照「實驗室有床」，比方「工學院都是三合院」，比方「坐在葉子砌疊的庭院/思考程式的創造」。這些都是成大的實景，經過點出後，總會發現一些矛盾。這些懷疑撕開一個裂口，暗示著矛盾無所不在，隨處可見，也暗示人不應該在成長的過程中，就被預約成為企業最愛的人才。他完全可以發展成企業不要的樣子，甚至自己創業。人本來就應該要有創造、選擇道路的機會。詩中說「他要去得比傳說的天界更遠」，就是在寫這樣的志向。

然而，身為文學院的老師，是不是能真切體會理工科同學的想法，而為之發聲？這首詩的最後十行可以看成一首獨立的小詩，詩中用形象的方式回答成大人如何摸索。他把摸索中的成大人比喻成森林中的小鹿，這隻小鹿一開始無法瞭解森林的全局，但牠已經可以看出森林有了變化。原本黑暗的一切開始有了鹿的腳印，有了希望，如同電玩世界中，地圖由原本的一片黑暗，愈探索愈清晰具體。而這隻小鹿身上，超現實地帶有海水與珍珠——一些海水的暗示物——牠所帶來的，不是對森林的全面熟稔，而是牠背後有個更大的價值，也就是詩中所說的海水與光團，這個價值會覆蓋全部的森林，會覆蓋小鹿自己。光團與海水俯身下來，使一切統整。

這種統整屬於信仰層面，在信仰的最高價值中，矛盾可以獲得和解，人可以獲得安頓，世俗功用也能涵攝在其中而不起衝突。只是這個最高價值是什麼，是愛？是和諧？是尊嚴？又很難具體而周詳的點出。因此，作者只留下比喻，而不直接道破。其意也在告訴讀者，唸大學不是為了賺大錢而已，它可以有更高的追求。

【作品出處】

此詩原發表於二〇一一年十一月六日《自由時報》副刊，並在二〇一七年九月廿八日修訂後收入本詩選。本書據作者供稿選錄。

【作者簡介】 李昌憲（1954-）

臺南南化人，現居高雄。曾參加森林詩社、綠地詩社、陽光小集、笠詩社、臺灣現代詩，現為《笠》詩刊主編。著有詩集《加工區詩抄》、《生態集》、《生產線上》、《仰觀星空》、《從青春到白髮》、《臺灣詩人群像——李昌憲集》等多種。二〇一八年即將出版《愛河 Love River》華英詩集。

〈族譜〉

回到老家大廳
爸爸戴上老花眼鏡
兩人共同審視
留傳下來的手抄族譜

突然躍出爸爸記憶
他指著久遠的名字
轉述聽說的口傳故事
名字被叫醒　在午夜
感覺有一種悲涼

增補各房今人的名字
重新抄寫在稿紙上

李昌憲 作

準備印刷分送族人
在這容易失傳的時代

代代名字串起來
族譜　是一條項鍊
掛在後代子孫的脖子
不因社會變遷　而失去
血脈的張力

【賞析】

現代社會以親子兩代的小家庭以及祖孫三代的折衷家庭居多。然而，將血脈一直延伸出去，大家本都是一家人。此詩所寫正是家族的凝聚力。

親戚、祖先是至親的延長。我們不能親眼目睹的祖先，有我們的父祖輩曾經孝順過他們；我們不能親眼目睹的後代子孫，有我們的兒孫輩去撫育他們。而這一代代之間的聯繫，是一個個至親的親子關係。

然而並不是每個家族對自己的族譜都很重視。在作者這首詩中，他與父親找到一本留傳下來的古老手抄族譜。在族譜中，很多人的名字都還沒登記上去。他一邊與父親聊天，一邊聽到父親說起一些遙遠的故事。忽然間，覺得原本生疏的族譜原來離我們那麼近。在族譜的故事中，祖父可能是個嗷嗷待哺的小孩，曾祖父是個勇敢的少年，叔公可能也有少年的煩惱……聽起來像是別人的故事，但卻又都是自己的祖先。那麼自己這一代人的故事，也能繼續流傳下去嗎？

於是，作者把這本古老的族譜重新補充、抄寫、印刷，希望血脈之間的緊密聯繫，能夠像所有的至親一樣。他把族譜看成一串珍珠項鍊，每個小家庭都是一顆珍珠，串在一起就成了美麗的項鍊。不管社會再怎麼變遷，價值觀念再怎麼改變，希望這串項鍊永不離散。雖然現在是個工商業文明的社會，但這首詩反映出現代人對傳統血緣倫理的孺慕與向心力。

【作品出處】

此詩發表於二〇〇八年十月《鹽分地帶文學》，曾入選春暉版《二〇〇八年臺灣現代詩選》，本書據《二〇〇八年臺灣現代詩選》選錄。

【作者簡介】黃吉川（1957-）

筆名江夏，宜蘭人。大學至博士班就讀成功大學，現為成功大學工科系教授。研究之餘喜歡閱讀與欣賞古典音樂。著有詩集《啟程》、《我們》等。「六都春秋」網站有「江夏詩選」專欄。

〈勁草三昧〉

黃吉川 作

那文人的筆
歪歪地
把自己的臉
畫丑了

烈火之後
每根從縫隙間長出的野草
在暴風雨前
愉悅差不多
命運也差不多

痛久了就知道
一個方向吹來的保證

黃吉川

莖葉
要小心左右搖擺迴避

【賞析】

三昧為佛教用語。《教育部國語辭典》的解釋是：「佛教謂修行者將心集中在一點的狀況。為胡語音譯。基本上和把心保持在無散亂或靜止的境界相似。」至於日常生活中的用法，「三昧」可以理解為「妙處」。

黃吉川〈勁草三昧〉這組詩，題目的意思是要說勁草的妙處。由於三昧有「三」字，作者也巧妙地把詩安排成三段，讀起來像三首連續的小詩。

「勁草」指的是經得起考驗的草。古語說：「疾風知勁草，板蕩識忠臣。」疾風吹拂之下，只有真正的勁草得以存留。然而詩中的勁草，似乎不那麼經得起考驗。

第一段寫一個文人在疾風吹拂之下，失去了節操。亂風一吹，文人的筆一歪，「把自己的臉/畫丑了」。丑字一語雙關，既可指醜陋的醜，也可想成丑角的丑。把自己畫成取媚他人的丑角，失去自我的堅持。

第二段以烈火焚燒比喻政治的重新洗牌。重新洗牌後，所有能生長的空間都長出了新草，但這些草是不是勁草又有誰能夠知道呢？在暴風雨的考驗來臨之前，它們看起來都差不多。它們的堅持，究竟是逆勢的抵抗？還是順勢的張揚？也沒人知道。

第三段寫「勁草」抵抗的心得。原來所謂的抵抗，不能死腦筋地不知變通。因為風來的方向不固定，昨日的逆勢是今天的順勢，今天的順勢可能又變成明天的逆勢了。面對風勢，還得學會左右騰挪閃躲啊！

題目雖是勁草三昧，但這首詩更多地帶有諷刺與無奈。如果讀書人真要以一個有節操的勁草自期，那麼最該堅持的究竟是什麼，是價值觀念？生活態度？政治立場？或者其他？此詩諷刺的應該就是那些為了實際利益，而不斷掉轉方向、扮演有利姿態的弱草們吧！

【作品出處】

此詩收錄於二〇一一年出版的個人詩集《我們》，本書據之選錄。

【作者簡介】謝振宗（1956-）

臺南學甲人，現居麻豆。政治大學教育所畢業，現為臺南市立土城高中校長。曾參加風燈詩社，入選二〇一六年臺南詩展「詩星璀燦耀南瀛」。著有詩集《覺有情》、《自在微觀》、《望春風》等十一種。

〈捉青蛙的小孩〉

謝振宗 作

夜這麼晚了
媽說今晚喝蛙湯
媽病得是要用青蛙煮酒

雙腳的泥巴踏了月色
月就被塗滿泥巴
媽說月姊是愛漂亮的

竹籠裡青蛙咯咯地叫
媽病得是要用酒煮青蛙
可是媽不曾說青蛙也愛漂亮
　青蛙也不喝酒

今晚的夜燈
祇有一小盞
小孩子就這麼想了大半天

【賞析】

詩中寫一個小孩子為了生病的媽媽，去捉青蛙給媽媽治病。治什麼病呢？據《中草藥大全》網站檢索，青蛙配酒所治的病有可能是浮腫，也可能是水蠱，或者骨結核。不過這種民間偏方究竟功效如何並不得而知。詩中的小孩聽了媽媽的交待之後，就乖乖出門捉青蛙了。

孩子出門的時候，作者特別寫到了月亮，皎潔的月亮容易讓人聯想到母親。而月色如今沾上了泥巴，象徵的母親沾上了疾病。愛漂亮的月亮，希望能夠恢復月亮的皎潔。孩子說「媽說月姊是愛漂亮的」的時候，應該也是在想著媽媽可以早些恢復健康。

在濕漉漉的晚間泥路上，孩子出發去抓青蛙。抓來的青蛙，關在竹籠子裡咯咯地叫。這個時候，小孩對青蛙起了惻隱之心。他一方面想說青蛙是要來當救媽媽的藥材，同時又覺得青蛙很可憐。青蛙活該被吃嗎？牠是不是也是愛月亮、愛漂亮的青蛙媽媽呢？不喝酒的青蛙被酒煮死的時候會不會很難過呢？

這些問題對孩子來說可能太過沉重。詩中說「小孩子就這麼想了大半天」，不知道最後的答案究竟是什麼。或許這一幕便是作者生活回憶中，關於生命的兩難。

【作品出處】

此詩收在一九九六年出版的個人詩集《覺有情》，本書據之選錄。

【作者簡介】初安民（1957-）

出版社編輯人、詩人。籍貫山東牟平，出生於韓國。國立成功大學中文系畢業。曾任中學教員、雜誌編輯，《聯合文學》社長兼總編輯、《短篇小說》主編，現任《印刻文學生活誌》總編輯。著有詩集《愁心先醉》、《往南方的路》，散文集《和伊》。

〈再一次回來的時候〉

初安民 作

再一次回來的時候
我終於見到
今年最後一場落雪
把我們曾經漫步過的路
都覆蓋了
彷彿是掩飾著
註定我們今生今世已永遠
不可能兌現的故事
在我的青澀年代
妳底童稚尚未褪色之前
我們熟稔這裡的每一棵
路燈每一棵
街樹，每一棵

初安民

孤注一擲的用盡所有底豪情
揮霍般允下底諾言
那時的路燈如昔
那時的街樹依然

殘冬過後
那時的街樹轉綠之際
只有歲月的路燈
照亮我更多花白了的髮絲

【賞析】

作者出生於韓國，青少年時期在韓國成長。二十歲來到臺南就讀成功大學，然後就留在臺灣。此詩寫的是對青少年時期一段感情的追憶。作者來臺灣後，有一年回漢城（首爾）見到冬天的最後一場雪。他在雪中回憶起一段刻骨銘心的感情。這段感情已成過去，如同眼中的雪將感情的痕跡都掩蓋起來，只留下潔白。作者想起曾經許下的海誓山盟，覺得以往的許諾過於浪漫。年輕時總是隨口以一生、永遠做為許諾的時限。想要把自己所有的愛，全都交付給走入內心的第一個人。經歷過感情的變化才知道，「永遠」有多麼的不易。

作者這次回到故鄉看到愛情的場景覆上一層白雪，彷彿象徵一切依舊，實際上一切早已不同。外在的景物，如街樹，仍會在雪消之後回到原有的模樣，但頭上的白髮與心中的愁緒卻會永遠留下。

【作品出處】

此詩原題〈漢城冬殘〉，發表於一九八五年一月八日《聯合報》副刊，收入爾雅版《七十四年詩選》。改今題後收錄於個人詩集《愁心先醉》、《往南方的路》。本書據《愁心先醉》選錄。

〈白千層〉

初安民 作

我不知道
第一層白到第一千層白
究竟是以什麼樣的耐心與毅力
遞疊上去的

從透明到第一層白
從第一層白到第一千層白之間
會不會有無數的色彩
浸染過最容易受傷底白
如同激情的波濤到靜息的止水
如同小沙彌熬成入定的老僧
物慾與愛恨
掙扎與妥協

千般萬般動搖過
左右過一段又一段的跋涉路途
如今
我平靜的定位在這裡
平靜的綻放出一勺小白花
什麼話也不說
什麼話也不說

【賞析】

白千層是一種常綠喬木，樹幹呈褐白色，樹皮褐色或灰白色。每年木栓形成層都會向外長出新皮，並把老樹皮推擠出來，但老皮仍然層次分明地一層貼著一層的留在幹上，看起來像是個衣衫襤褸的老僧。

面對這麼一個老僧形象，看著每年堆疊上的的白皮，作者想像眼前是不是一個曾經激烈而昂揚的生命、經歷過時光的淘洗、慢慢變化為沉靜的長者呢？如果真是如此，那麼眼前一層層白色的樹皮，是不是也曾經有過斑斕的色彩呢？他的生命究竟經歷了什麼，使他最後終於捨棄種種色彩，只留下平靜的白？最後詩人與樹木，物我合一，「平靜的綻放出一勺小白花」。白千層的花是白色的小花，而詩人說「我」開出小白花，「什麼話也不說」，放棄了辯駁，放棄了主張。

【作品出處】

此詩收錄於個人詩集《往南方的路》，曾選入瘂弦編《天下詩選》、林瑞明編《國民文選：現代詩卷》等選本。本書據《往南方的路》選錄。

【作者簡介】吳文璋（1957-）

基隆人，現居臺南。成功大學中文系副教授。研究領域為中國哲學，專長為荀子、現代詩。有詩集《思無邪》及學術著作《荀子的音樂哲學》、《巫師傳統和儒家的深層結構》、《儒學論文集——追求民主科學的新儒家》、《新四書》、《孟子》等書。

〈女孩〉

吳文璋 作

受過傷的女孩
最危險了
她把自己放在實驗室
而不再是
手術臺

【賞析】

本詩只有短短的五行，卻有三層波瀾，精準地寫出青年男女的戀愛心得。第一層說，「受過傷的女孩/最危險了」。為什麼如此說？引起好奇。第二層說，「她把自己放在實驗室」。什麼意思呢？拿自己做實驗嗎？到第三層接著說，「而不再是/手術臺」。原來是說，受傷的女孩，不願意好好地治好自己的情傷，卻不斷地再拿自己的感情，去重覆實驗，去一再受傷。因此，受過傷的女孩，最危險了。並不是女孩帶給別人危險，而是女孩給自己帶來危險。

最後一層波瀾有個「再」字。可見這個女孩原本曾想過要治療感情，後來卻選擇把自己的感情丟出去做實驗，試著去衝撞、去嘗試。從詩中讀來，作者應該是願意提供手術臺的那個人，只是女孩不願意再躺回去接受治療了。

每個人對感情的體悟各不相同，透過閱讀可以讓我們知道別人的經驗及體會，從而使我們更健全地成長。儘管愛情得自己嘗試才能有真切的感受，不過如果真的受了傷，也要好好面對，瞭解情傷究竟因何而來。

【作品出處】

此詩收錄於作者一九九三年出版的個人詩集《思無邪》，本書據之選錄。

【作者簡介】白聆（1958-）

本名曾吉郎。現任「小白鷺No。空間工作室」召集人。專職作家。長期關心兒童文學與鄉土語言教育。曾獲傳藝金曲獎、文建會文薈獎、南瀛文化深耕貢獻獎等等。著作豐富，以兒歌童詩類、鄉土語言類居多。詩集有《風，靜靜的睡》。

〈風，靜靜的睡〉（選三）

白聆 作

〈其四〉

夕陽跌落大海
燈塔慌張了
起來

〈其十〉

掀開黑夜的鍋蓋
早餐準備好了
山的饅頭夾太陽的蛋

〈其八十六〉

我總是習慣
在小心眼尚未萌芽之前

白聆

趕去看看大海

【賞析】

「俳句」是一種日本的傳統詩形式。它的特色是每首只有三行，分別是五、七、五個音節，並且必須帶著一個表示季節的季語，表達出雋永的瞬間。這種表現形式也被引入我們的現代詩中，有些創作者仍會遵守五、七、五音節的形式限制，也有創作者只擷取雋永的美感。這裡所選的三首小詩即屬後者。

第一首詩寫夕陽跌落大海後，燈塔的燈，也隨之慌張起來。燈塔左看右看，不知如何是好，表現的正是塔頂光束左右照射的樣子。作者又將「燈塔慌張了起來」斷成兩句，其中「起來」單獨一句，也讓人覺得這句意有雙關，特別強調燈塔的光亮了「起來」。

第二首寫的是日出，但不是用視覺而是用充滿感官挑逗的味覺形象來寫。黑夜散去，山中夾著太陽，寫成掀開鍋蓋就有一份熱騰騰的饅頭夾蛋早餐，如此形象頗為趣味可愛。

第三首詩寫的是人生道理。人不免會嫉妒，但人仍然有學習開闊胸襟的能力。作者用童言童語的方式說，小心眼也會萌芽，變成愛計較的討厭鬼。如果怕自己的小心眼長大，那就去看海，去感受一下海闊天空，心胸也會隨之寬闊。

這三首詩幾乎都不太需要解釋，可以直接在字面上感受到詩的趣味，讀來令人會心一笑。

【作品出處】

本書據二〇〇二年出版的作者個人詩集《風，靜靜的睡》選錄。

【作者簡介】 孫維民（1959-）

嘉義人。成功大學外文所博士。曾任教於遠東科技大學。十五歲開始寫詩，曾獲時報文學獎新詩獎及散文獎、臺北文學獎、藍星詩刊屈原詩獎、中央日報文學獎新詩獎、梁實秋文學獎散文獎。著有詩集《拜波之塔》、《異形》、《麒麟》、《日子》、《地表上》以及散文集《所羅門與百合花》。

〈洗衣機之歌〉

孫維民 作

我喜歡看到你在白天持續地工作
當我躺在床上，像古代
氣息微弱的老矣的兵
甚至無力解除沾血的鏈甲——
陰影紛紛聚集（終究
它們也察覺一顆疲憊的心）
前方如惡龍，後方是毒蛇

我喜歡聽見你在黑夜勇敢地工作
（陽臺荒煙蔓草，百里內
沒有援軍的蹤跡）
莫非這就是那天使的神器——
此時如刀劍，彼時是戰馬

孫維民

冷靜、強悍、訓練精良
而且絕對地順服和虔誠

【賞析】

如果你住的地方，洗衣機白天、黑夜不停運轉，讓你覺得很困擾，該怎麼辦呢？沒關係，你可以寫一首〈洗衣機之歌〉，以異常誇大的方式讚美它。當它在白天轉動，你就想像你是一個老得走不動的老兵，身上都是帶血的戰甲，非常需要有人幫忙清洗。這臺不停轉動的洗衣機將會是你最好的夥伴，它可以幫你洗去一身恥辱，洗去疲憊，洗掉你無力清除的黑暗陰影。

當它在黑夜裡轉動，你可以把它當成朋友。這臺洗衣機藏在對面人家中長出野草的荒涼陽臺上，像刀劍一樣因砍擊而發出刺耳的聲響。這是忠誠的聲音，就如同它有時也像瘖啞的戰馬，服從主人的命令，隨時準備出征。主人叫它洗它就洗，絕對服從，永遠忠誠。那個時候，安靜不過是暫時的幻象。

這首詩用爭戰的概念誇大讚美生活中微不足道的洗衣機，這種刻意、過度的謳歌，隱含對生活反諷的幽默。

【作品出處】

這首詩發表於二〇一二年十一月廿八日的《聯合報》副刊，收入個人詩集《地表上》，曾入選二魚版《二〇一二臺灣詩選》，本書據《二〇一二臺灣詩選》選錄。

【作者簡介】小蝶（1962-）

原名楊碧蛾，臺南關廟人。現為家庭主婦。詩作多發表於《中華日報》副刊。作品曾入選向明編《曖・情詩——情趣小詩選》。

〈含羞草〉

小蝶 作

不是拒絕你的碰觸
其實我含羞
只想引你注意

沒有紅妝
少人垂愛
為了討你歡喜
但憑一份天趣
再度向你
展顏

【賞析】

這是一首詠物詩。作者從含羞草的名稱與特性發想，把含羞草寫成一個情竇初開的女孩。

第一段的含羞草已經因為碰觸而閉上葉片了，但含羞草說，我不是關閉自己，我只是想以這種可愛的反應，引起你的注意。

第二段說，我不像其他花朵，有美麗的裝扮能吸引你。我就是一個樸素但有趣的女孩，想要得到你的注意。雖然含羞地閉上自己，但是我會再度向你展開，等待你的關愛。「展顏」一詞，既指含羞草的再度展開，也雙關暗指女孩的傾心與開顏。

含羞草是常見的植物，很多人都在生活中都碰過它，是很好的題材。「含羞」在字面上給人一種戀愛中人嬌羞的感覺。本詩作者順著這個感覺，用她女性的思維，成全了含羞草的甜蜜告白。

【作品出處】

此詩原發表於二〇〇二年三月十日《中華日報》副刊，曾入選向明主編《暖．情詩——情趣小詩選》，本書據《暖．情詩》選錄。

【作者簡介】白家華（1963-）

貴州貴陽人。出生於臺南，六歲以前居住於小東路旁的精忠三村，後遷居桃園龜山。曾任國中、國小作文班資深教師。曾獲優秀詩人獎、吳濁流文學獎。自二〇一四年起參與「水彩畫」觀念撰述與實際創作。著有《群樹的呼吸》、《蟬與曇花》、《流雲集 Drifting》、《世界集 Worlds》等多種。

〈蛾〉

白家華 作

一隻來歷不明的蛾
在我的書頁裡被夾成一個扁平的單字
當我無意間閱讀到
彷彿唸出「恨」的發音
牠最後的遺言
那夜
我馬上夢見自己
踩在滿佈牠們屍體的曠野上趕路
每踩一步
就響起腹部爆裂的脆響
踩一步
響一聲
踩一步

響一聲
每一聲都空洞得
像牠們體腔的虛脹
短促得
像牠們活過的一生

【賞析】

名字被寫進書本裡，應該是一件光榮的事。但是整個身體被拍扁而留在書本中變成文字，對飛蛾來說，恐怕就是一件可怖的事了。作者從現實生活中的一個驚悚的場面發想，他的書本裡夾著一隻死掉的飛蛾，扁平的遺體像是加印到書本裡的一個字。這個以死亡為代價所寫的字，作者直覺讀作「恨」，這是飛蛾用生命最後的驚恐，面對突然其來的災厄所傳達出的唯一訊息。

原本乾乾淨淨的書上突然出現血淋淋的死亡讓作者驚魂不定，這樣的驚嚇停留在腦海裡，進入夜晚的夢中。他從一隻飛蛾的死，夢見大量飛蛾的死。

重覆踩爆體腔的響聲彷彿為集體面臨死亡的沉默族群說出那個隱約可辨的「恨」字。

這是一首從生活發想的詩。微小生命因突如其來的災禍而死，在書中留下一個自己可能也沒準備好的形象，也讓作者從這個形象中讀出「恨」。也為所有遭受橫禍而無法為自己留下聲音的弱小者，描繪一張悲戚的畫像。

【作品出處】

此詩發表於一九九一年六月《笠詩刊》，收入個人詩集《群樹的呼吸》。曾選入爾雅版《八十年詩選》、張默、蕭蕭主編《新詩三百首》等選本。本書據《八十年詩選》選錄。

【作者簡介】李友煌（1963-）

臺南南化人，現居高雄。成功大學臺文所博士。研究所期間，師事前輩作家葉石濤，受其提攜鼓勵。歷任臺灣時報、聯合報系、民生報記者，高雄電臺節目主持人，現為高雄市立空中大學文化藝術學系暨大眾傳播學系專任教師。著有詩集《水上十行紙》、《藍染：海島身世》，並著有《文學帶路遊舊城》、《最神：聖貝的召喚》等書。

〈孕〉

雲是天空的耳朵
低低的
傾聽海的心跳

妳打包了整座海洋
花費三個季節
只餵養一尾魚

是妳的
是我的
是海的

李友煌作

李友煌

【賞析】

這是一首情詩。作者用溫柔的筆觸，寫天跟海像是親密的夫妻。天是丈夫，海是妻子。低低的雲，是天的耳朵，天俯下身來聽海的心跳。

然後筆鋒一轉，說「妳」打包了整片海，整座海都歸妳了。出現一個妳，表示作者並不是在說大自然的童話，而是在以大自然為喻寫情詩。妳是妳，海也是妳。妳用三個季節餵養一條魚，讓人聯想到女人懷胎十月要生小孩。整片海只養著一條魚，也讓人聯想到是羊水包覆著胎兒。最後一段，「是你的／是我的」，意思本已完足，但作者又補了一句「是海的」，把直接的口語又轉換為間接的詩句，增加浪漫的情趣。

本詩原題〈海子〉，諧音孩子，詩人把它寫成海所孕育的孩子。後來考慮到與中國大陸詩人「海子」同名，容易引起誤解，於是改為現在的題目。

【作品出處】

本詩收錄於二〇〇八年出版的個人詩集《藍染：海島身世》。原題〈海子〉，在收入本詩選時，修改題目為〈孕〉。本書據作者供稿選錄。

【作者簡介】惠童（1963-）

本名蔡淑惠，臺南人。曾任教南臺科技大學。現任教於中興大學外文系。著有詩集《光與天空的溫度》。

〈雙人座，故事的車站〉

惠童作

故事徒步到公園裡的雙人座
等候歇息　聆聽風吹草動
一片光　攜帶溫度
是諾言進行曲唯一的見證者

沉默的座椅　苦思故事的下一站
在那裡？　四處奔波的故事
總是帶著流浪的心願　尋找主人
但有幾個站牌　可以獨奏完成曲？

老舊的誓言　一直在探尋說故事的人
雙人座　春夏秋冬地喊冷
只因黃昏的光　似冬眠的燈塔

讓心走入黑夜　偏離地跌跌撞撞

【賞析】

作者用情詩的腔調，寫出對命運的等待。詩中的「雙人座」並不是站牌邊的候車座，而是公園裡的情人椅。詩中用擬人化的手法讓「故事」可以行走，讓「雙人椅」可以等待。我們不妨用小說的方式理解這首詩：「故事」是個女孩，「雙人座」是個男孩。「雙人座」曾經見過「故事」的幸福。那時，「故事」有伴侶，他和她坐在雙人座上，有好多甜蜜的誓言。然而有一天，「故事」分手了。她獨自一個人走到「雙人座」旁，回憶過往的溫度，回憶失去的愛情。一旁的「雙人座」，沉默不語，他默默關心，想著「故事」的人生下一站會去哪裡呢？她會找尋一個伴侶？一個主人？還是會獨立堅強地完成一個人的獨奏曲？「雙人座」不知道，他只看到「故事」在這裡思念已成過往的誓言。「雙人座」覺得冷，不是因為冬天到了而冷，而是他替她感覺到冷。「故事」在雙人座邊，看著黃昏的光，覺得像冬眠的燈塔。她原本想依靠燈塔的光，找到正確的方向；想不到光卻冬眠了，不管用了，害得她在黑暗中走錯路，跌跌撞撞，弄得渾身都是傷。

故事說到這裡，可能會有讀者覺得好奇：那麼最後「雙人座」跟「故事」有沒有在一起？關於這一點，恐怕要讓讀者失望了。「故事」跟「雙人座」不可能會在一起，因為「雙人座」其實就是「故事」自己。「雙人座」的擬男性化意味著「故事」內心對愛情的投射，因此雙人座的悲傷就是故事的悲傷，雙人座的孤單就是故事的孤單。這是同一個身體的悲歡。

這種擬人化的解讀，也許有些多餘，但透過一個通俗愛情劇的套路，可以幫我們稍稍靠近詩人幽微曲折的內心變化。詩人是敏感的，公園的雙人座轉化為人生旅途的候車座，黃昏的光轉化為人生的指引，甚至故事變成女主角，雙人座變成男閨蜜。她的感情雷達打開之後，萬物都變成情感的化身，自動上演一幕幕的小劇場。

【作品出處】

此詩原發表於二〇〇六年二月六日《中國時報》人間副刊，曾入選二魚版《二〇〇六臺灣詩選》，本書據《二〇〇六臺灣詩選》選錄。

【作者簡介】田運良（1964-）

生於臺南，父親任職於曾文水庫，兒時成長於臺南楠西。曾任《聯合文學》總經理，《印刻文學生活誌》、《短篇小說》總經理、外交部《臺灣光華雜誌》總編輯。現為佛光大學中文系專任教師、世界華文文學研究中心研究員。曾獲教育部文藝創作獎、臺北文學獎、府城文學獎、南瀛文學獎、臺南文學獎、乾坤詩獎、創世紀四十週年詩創作獎等。著有詩集《個人城市——田運良詩札》、《為印象王國而寫的筆記》、《單人都市——田運良詩札》、《我書——田運良詩札》及散文集、書評集、口袋書多種。

〈為印象王國而寫的筆記：生老病死〉

田運良 作

生．新生初啼集

最初孕的隆凸
是生的遺址。關於新世界
誰帶我去開掘夢的廣漠腹地？
這遙迢，往桃源展去的人生途徑
都將鋪上哭笑及成敗榮辱。從此以後
前世與來生便交談著同一種手語和輪迴；緣

老．經驗合訂冊

嗯，囤積的春冬夏秋
還夠餘生慢慢蠶食
所以暫且不急著將感動完全讀畢寫盡。因此
可以再將往事漆上薄層彩釉

田運良

可以卸除滄桑粉妝、可以亂戲紅塵
可以不收拾風霜、可以歡慶壽
更可以全心全意放下肩膀上最重的自己

病・淨心靈修書

一定是心髒了。
就像這樣零亂擺著幾冊護理手記
急需好好整理一些沉痾的癢或痠或……
痛。或許這樣比喻吧：
顏容猶如向晚的暮
愈遲愈……該滌淨心的黑夜

死・回憶懺悔錄

彷彿出塵。哦不
該形容那是掩卷長考後往事疾速清明的入仙。

返世。

寂靜很冬很冬
於眾神前掏出生命
誠心全數繳出：錯與誤的承認
之後，便可有幸無憾地走進歷史

【賞析】

繪畫可以素描，文字也可以素描。作者在這組詩中對「生老病死」四個抽象的對象做了形象化的素描。他用集、冊、錄、書等書本簿冊的形象當標題，突顯生老病死不同階段的特質。生，是懷孕、道路開展的形象；老，是蠶食，也是慢慢享受成果的形象；病，是零亂、等待修復的形象；死則是掩卷、整理出結論的形象。

很多人會將「生老病死」類比為「春夏秋冬」或者佛教所說的「成住壞空」。這樣的類比讓「生老病死」像一個循環。冬天過去會迎來新的春天，一如死亡到來後也會繼起新的生命。不過作者在這首詩中採取的是直線發展的形象。死亡既不是消失的虛無，也不是生命延續的契機，而是人生最後的結論。在死亡那一刻，人會走入歷史，把自己的生命得失，交給後人去記憶。如同儒家所說的三不朽（立德、立功、立言），用人類對歷史的記憶，來對抗死亡，對抗生命終必消失的虛無感。

【作品出處】

此詩發表於一九九一年十二月四日《自由時報》副刊，收入個人詩集《為印象王國而寫的筆記》，曾選入爾雅版《八十年詩選》、張默、蕭蕭主編《新詩三百首》等選本。本書據《為印象王國而寫的筆記》選錄。

【作者簡介】 鴻鴻（1964-）

本名閻鴻亞，臺南人，現居臺北。詩人，劇場及電影編導。曾獲吳三連文藝獎。出版有詩集《土製炸彈》、《暴民之歌》等七種，散文《阿瓜日記——八〇年代文青記事》、《晒T恤》，評論《新世代臺灣劇場》及小說、劇本等多種，並主編《衛生紙＋》詩刊。擔任過四十餘齣劇場、歌劇、舞蹈之導演，也曾多次擔任臺北詩歌節策展人。現主持黑眼睛文化出版社及黑眼睛跨劇團。

〈失而復得的皮箱〉

鴻鴻 作

失而復得的皮箱
曾經獨自停留在
你未曾去過的地方
在你的黃昏　它的早晨
一種使它清醒的濕度
一種對它品頭論足的
陌生的語言
像在黑夜的雲海上航行
從窗口瞥見另一架飛機內一對亮著的眼睛
那神秘而終生難忘的一遇

你欣喜地取回皮箱
打開來　一切完好如初

你拿起一雙襪子穿上　拿起一支筆寫字
你覺得它們若有所思
但它們並不開口說話
你突然發現
也許你們從不是朋友也不是主僕
你依賴它們　像野獸依賴一頓食物
對你　它們卻保持沉默
像忍耐漫長的一生　衣領上一塊洗不掉的汙點

【賞析】

很多人都有遺失東西以及尋回失物的經驗。東西失而復得，失主自然高興。作者把某一次失而復得的經驗想成是人與人的重逢，然而隨著聯想的發散，卻意外寫出家庭裡的冷暴力。

作者把人的情感投射在行李上，行李遺失如同與親人失散，而重拾行李像是與親人的重逢。但如果行李是人的話，這個走失的家人是怎麼度過失去親人的夜晚呢？失主想像，行李孤單地處在陌生的環境中，被很多陌生人品頭論足，推測它的主人是誰。甚至它在遙遠的異國、陌生的機場，和很多其他遺失的行李一起在行李帶上環繞。很有可能像個走失的小孩一樣，永遠回不到父母的身邊，最後也不知道被如何處理。

所幸，行李失而復得，重回主人的懷抱。它們沒有被遺棄。主人重新使用它們，好像什麼事情都沒發生一樣。就在這一瞬間，作者忽然對這種擬人的比喻有了更深入的想法：如果行李是人，那它和主人的關係其實並不平等，它稱不上是主人的朋友，甚至稱不上是主人的僕人。行李的被需要，比較像是食物被野獸需要。而行李看主人，則是看成得過且過的人生中的一個苟且的家長。主人雖然需要行李但不愛行李，回應主人的不愛，行李對主人的態度就像是忍耐。「忍耐漫長的一生　衣領上一塊洗不掉的汙點」，說的就是對生活苟且。污點雖讓你不舒服，但不會致命。苟且就是容忍不致命的缺點，長久地存在下去。

【作品出處】

此詩發表於一九九四年八月《現代詩》復刊第二十二期，收入個人詩集《在旅行中回憶上一次旅行》。曾選入《八十三年詩選》（洛夫、杜十三主編，現代詩季刊社出版）、馬悅然等編《二十世紀臺灣詩選》等選本。本書據《八十三年詩選》選錄。

〈不管我在哪兒〉

鴻鴻 作

不管我在哪兒，我都不在那裡
不管我說了什麼，我都是別的意思
不管我夢見什麼，我都一樣清醒
我愛，但我愛的不是別人，也不是你

如果我的心劇烈跳動，那只是因為
他們的心也跳得同樣劇烈，同樣無聲——
那些睡在陌生人身旁的新娘
那些離鄉背井的工人
那些在革命廣場上吶喊
卻突然感到茫然的學生
那些被自由束縛的情人

注視我，我便在你眼裡
吻我，我便在你舌尖
握緊我，我便在你手掌中呼吸
忘記我，我便永遠在你心底

【賞析】

二〇〇八年十月，詩人鴻鴻創辦《衛生紙＋》詩刊。該刊現已停辦，總共發行三十二期，培養了一批語言新穎、受人矚目的年輕詩人。此詩即是在創辦《衛生紙＋》時所作。

新詩喜歡用倒反修辭。有時正話反說，有時反常合道，往往比平鋪直敘更見力道。舉例來說，比方「震耳欲聾的寂靜」、「背叛的溫柔」、「萬衆矚目的孤獨」，就都是「很新詩」的句子。這首詩就多次使用倒反修辭。例如第一段所寫，「不管我在哪兒，我都不在那裡」、「不管我說了什麼，我都是別的意思」、「不管我夢見什麼，我都一樣清醒」、「我愛，但我愛的不是別人，也不是你」，看起來都像是反話。但它的正話究竟是什麼？

讓我們暫時抱著疑惑，先來閱讀第二段。作者因為別人的心劇烈跳動，所以他的心也劇烈跳動。這裡強調的是共感，而非同情。共感說的是自己的身體與別人的身體會起一樣的反應。別人頭痛我也頭痛，別人腳痠我也腳痠，別人煩惱我也煩惱，別人激動我也激動。共感的詩人為別人發聲，其實就是在為自己發聲。「為別人發聲」還像個局外人，「為自己發聲」就是局裡人了。

作者說自己跟哪些人共感呢？他提到買賣婚姻的新娘、離鄉背井的工人、街頭運動中的茫然社運學生、被自由束縛的情人等等。這四種人都需要共感的同伴。作者在創作的實踐上，投向社會關懷，因此與社會上的弱勢者共感相當自然。然而他共感的對象為什麼又有茫然的社運學生以及被自由束縛的情人呢？

因為世界原本就是複雜的，並不是簡單的二元對立。如果把感情都簡化為善惡二元對立，它會變得更容易懂，但也會變得不太真實。作者刻意點出了他所共感的學生正在茫然，他所共感的情人正覺得受自由束縛，正說明了他的感受的真實。

第三段寫的是共感的人們，正用身體進行交流。從注視，到親吻，到緊密的接觸，最後寫心的交流。當「你／我」相忘的時候，你與我就像是同一個人了，因此作者才說「忘記我，我便永遠在你心底」。

最後讓我們再回顧第一段。第一段的那些反話，說的是語言的失效。當人與人真的共感交流的時候，是不用透過精密的語言的。他們可以運用帶有大量語病的話語，來進行最精準有效的溝通。因為語言在這個時候已經功成身退了。於是他大方地說，不管我說什麼，（字面上）它都是錯的。雖然錯但我並不在意，我在意的是與對象的共感。因此第一段最後的那句：「我愛，但我愛的不是別人，也不是你」，說的就是「愛我自己」。而愛我自己之所以可以成為愛社會的依據，是因為我與社會已經共感了。我是用愛我自己，為自己治病的那種心，在關愛這個社會。

這種共感即是佛家所言的「同體大悲」——像擁有同一個身體一樣的那種大慈悲心。舉例來說，你的背後發癢，於是右手就伸到背後搔癢。右手正在拿手機怎麼辦？那就改用左手搔癢。你的右手、左手，不會去跟你的背計較，不會去跟你的背談條件交換，計算人情債，因為它們都是屬於同一個身體。佛教的同體大悲，指的就是這種境界。

【作品出處】

此詩發表於《衛生紙＋》創刊號，並收入個人詩集《女孩馬力與壁拔少年》。曾選入二魚版《二〇〇八臺灣詩選》、顏艾琳、潘洗塵編《生於六〇年代兩岸詩選》。本書據《二〇〇八臺灣詩選》選錄。

【作者簡介】李瓜（1964-）

本名李敏忠。臺中梧棲人。大學至博士班均在臺南完成學業，成功大學臺文所博士。曾任中學國文教師，現任大學助理教授。從事臺灣文學研究與教學工作。著有詩集《徵友啟事》、論著《殖民地風景的現代性：一九三〇年代臺灣白話小說文體風格研究》。

〈墓誌銘〉

李瓜　作

你是盜墓人
遍仿最好的銘文
刻自坦的無

注：古時墓誌銘乃為防陵墓變遷，放在墓中以備稽考的石刻文字。然則與其說這些文字是為了記得，毋寧是完好的埋葬。詩中「無」乃指小津安二郎之墓碑的「無」。

【賞析】

墓誌銘原是為了辨識墓主身分，但久而久之，人們也把墓誌銘想像成是一生的結論。「我是個什麼樣的人？」「後人將會怎麼評價我？」可能有些虛榮的人會去幻想擁有一篇動人的墓誌銘，比別人更好的墓誌銘。

想著要有墓誌銘的人，大概都很重視名聲，也想享受美名，希望被後人記住。作者在詩中安排一個盜墓人，這人盜過許多墳墓，看過很多墓誌銘，可說是見多識廣；他想從這一個個畫下句點的人生中，找出值得模仿的對象。但仿遍所有銘文，最後見到最好的，竟然是小津安二郎的「無」字銘。無，什麼都沒有。墓主放棄了他種種豐功偉業，在死亡面前不再夸夸其談，不再強為分辯。如果我有事功，讓別人去說；如果我有罪過，也讓別人去說。

其實這個盜墓人，是虛擬出來的一個比喻，指的是不斷在學習的你我。我們讀過了很多古今中外的名人文章，想從那些蓋棺論定的人生中汲取智慧的靈感，讓我們的人生有些參考。但是，如果沒有對自我的坦誠，只一味追求與別人相像，最後的結果還是空的。其實最好的墓誌銘不用模仿他人，只要坦誠地面對自己，它就存在於你的心中。

【作品出處】

此詩寫於二〇一六年十二月十五日。本書據作者供稿收錄。

【作者簡介】翁月鳳（1965-）

臺南歸仁人。高職夜校畢，現為家庭主婦。作品散見《人間副刊》、《聯合副刊》、《中華副刊》、《臺灣時報》。曾獲南瀛文學獎散文獎。著有詩集《錯把月光當黎明》。

〈見面〉

好久不見

你用雙臂把我圍成個繭
閉上眼
此刻我是偷嚐了蜜汁的蛹

你的臂彎不該是我留戀的角落
但　怎能讓你知道
有些感覺
禁不住這樣的
　　一試
再試

翁月鳳 作

【賞析】

這首詩寫一段曖昧的感情。故事之中，男女雙方雖不常見面，但對彼此都有好感。不過女生覺得這段感情似乎不該發生，因此詩中除了說「你的臂彎不該是我留戀的角落」，乃至第二段寫擁抱的時候也用了「繭」這個意象。單單看「繭」這個詞，可能會讓人聯想到「作繭自縛」之類的負面成語，聯想到的是對自己的約束與責備。但在這首詩中，作者卻給繭一個全新的解釋：繭是甜蜜完整的包覆，是讓人最最安心的擁抱。蠶在繭中，可以放心地變化自己，把自己的形體消融又重生。作者在擁抱中也好像融化了，像是渾身蜜汁的蛹。作者不知怎麼開口，「有些感覺／禁不住這樣的／一試／再試」，一方面覺得不應該陷入愛情，一方面心理防衛又面臨全面崩解。寫到此處戛然而止，留下耐人咀嚼的餘韻。

【作品出處】

此詩發表於二〇〇四年四月十五日《中華日報》副刊，並收入個人詩集《錯把月光當黎明》。曾選入向明主編《曖．情詩——情趣小詩選》，本書據《錯把月光當黎明》收錄。

【作者簡介】顏艾琳（1968-）

臺南下營人。輔仁大學歷史系畢業。著作有《骨皮肉》、《點萬物之名》、《她方》、《微美》、《詩樂翩篇》、《A贏的地味》等十七本書，重要詩作已譯成英、法、韓、日文等。自二〇〇五年起以專業人士身分受聘元智、世新、清雲科大、北商大、原住民部落大學等講師，駐校跟駐地藝術家、讀書會老師。曾任聯經出版公司文學主編、豐年社總編輯、「齊東詩舍——詩的復興」執行長等。

〈高鐵往南〉

顏艾琳 作

過了新竹，
山脈高壯了
溪河於眼下蜿蜒扭腰
列車穿過綠色的山谷，
我的眼睛有別的太陽閃著光。
比我早到站的旅客
在月臺上變成企鵝，
左右手提著大包小包
正靦腆地要走回家。

到彰化，樹蔭遮蓋了果實，
雲林的玉米抽穗，
隔壁座啞啞說話的小女孩

喊著「牛牛，牛牛」
但我轉頭
只見兩隻挖土的怪手，
無聲的啃著土地；
我承認，那一刻風景
讓我有了感動的表情。

到了嘉義站，
甘蔗微微鞠躬，
迎接上阿里山的旅客，
藉著風聲翻譯「歡迎光臨」。
我嘴角的笑意
一路抵達臺南
那是鄉愁的起點
我的終點。

【賞析】

此詩是作者地方書寫的詩作。臺南子弟遷居外地的所在多有，不管遷往何處，臺南始終是故鄉。顏艾琳定居北部，臺北是她的家，而臺南是她的老家。這首詩寫的是作者從臺北回臺南老家的心情。

目前高鐵從臺北車站到臺南站共有十站：臺北、板橋、桃園、新竹、苗栗、臺中、彰化、雲林、嘉義、臺南。一般列車會停靠臺北、板橋、新竹、臺中、嘉義、臺南等六站，如果搭到最快的班次則只需停臺北、板橋、臺中、臺南四站。這首詩在第一與第三段，重點突出兩個車站：新竹、嘉義，第二段則寫到彰化、雲林沿線的風景。從作者捨棄板橋、臺中，而突顯新竹、嘉義可以看出這趟往南的旅程，重點不在大都會之間的公務往返，而是在返回鄉下的老家，返回鄉愁的起點。

作者對新竹的描繪是：「山脈高壯了/溪河於眼下蜿蜒扭腰/列車穿過綠色的山谷」。這在強調新竹的山川地貌，強調新竹大自然的一面。是一群返鄉的遊子，而這些被寫入詩中的新竹站旅客，跟自己一樣，是返鄉的遊子。

彰化、雲林沿線，列車雖不停靠，但也被作者寫入詩中。窗外農作物茂密，有彰化的果實、雲林的玉米，但還有啃食土地的怪手。當作者看到鄰座小女孩對著有怪手的土地天真無邪地喚著「牛牛~牛牛~」時，她的心裡升起一種感動。或許，純樸美好還是這一代孩子心中對鄉下的最初印象。小女孩不認識鄉下景物，而直覺以為那就是牛。如果小女孩喚的是「媽媽，碎石機，咚咚咚」，那就意味著鄉下留給孩子的印象是不斷地施工了。

嘉義站也被作者特意突顯，除了點出它的風土物產（甘蔗、阿里山），增加一些地方風味以外，主要還是要為了返鄉作鋪墊。嘉義到了，臺南還會遠嗎？作者在高鐵上，整理好回家的心情，而在這最後一段旅程上，漾滿笑意。

【作品出處】

此詩發表於二〇一六年八月十六日《自由時報》副刊。本書據作者供稿收錄。

〈客人〉

顏艾琳 作

以前，你向我的夢
投擲一朵朵的玫瑰，
有一天
你忽然將自己
投了過來；
擾亂我後來的睡眠

你一直沒有說抱歉
而我太累了，
忘了把你趕走

【賞析】

男女關於愛情的界定有許多模糊地帶，這首詩巧妙地寫出位於模糊地帶的女性心聲。

從詩的內容看來，這是一個女生的心情。有個男生正積極地追求她，從一開始浪漫的含情脈脈，到後來整個人投入。女生則一直不置可否，不答應也不拒絕。在男生看來，或許這種不置可否，就是矜持地答應了。

但如今女生把她的心情寫成詩。原來，最後她對這段關係的認知是：覺得自己平靜的夢被打擾了。她覺得男生不知道自己只是個客人，只能坐客廳不能進閨房，只能保持禮貌的關係不能進一步更親密。但因為自己太累，始終沒有對他下逐客令，也難怪他不知道。

人對情感的界定是巧妙多變的。有的時候，男女生之間因為一時衝動牽了手，但很快又後悔；有時因一時浪漫答應追求，答應後又焦慮不安；有的人喜歡追求不到的苦情，追到了反而心慌不已想放棄。這首詩，很像是在表達這種多變的心情。

【作品出處】

此詩原發表於一九九八年六月十八日《自由時報》副刊，並選入《八十七年詩選》（商禽、焦桐編，創世紀詩社出版）。本書據《八十七年詩選》收錄。

【作者簡介】李懷（1969-）

本名李國生，臺南人。臺灣大學歷史所博士，目前經營企業中。曾獲南瀛文學獎新詩首獎、優秀青年詩人獎。著有《正港臺灣人》、《文學臺灣人》。作品曾收入林德俊編《保險箱裡的星星》。

〈最悲傷的詩——寫給盲童墨曼〉

李懷 作

伸出手，選擇住在風中
感覺風的溫柔，在回家途中
啄木鳥與耳朵的秘密寫滿樹幹
咚、咚、咚，那是一首詩淺淺地笑我
咚、咚、咚，那是童年彩色的夢

漫步黑暗中，讓聲音擁抱
彷彿世界只剩陰魂不散的沉默
四季都是夜，梵谷的向日葵漸漸枯萎
貧窮的眼還擁有淚，整湖盈滿的淚

你問我什麼是聲音
打開石榴花的窗便看見天空

躲在嗩吶後的是長長的巷
你問我什麼是顏色
你難道沒有聽見吱吱喳喳的小花
在原野中訴說：
黃昏之後，蠻荒緊接來到

詩在細雨中嚶嚶啜泣
蒲公英細說風的迷惘
於是夜靜靜聆聽
海潮的永不止息的抱怨
蟬的最後一口氣的哀鳴
而魚在泥沼中緩緩遺忘了生命

最後，一隻雁在灰色天空飛過
彷彿在上帝的日記裡，偷偷寫下

一行最悲傷的詩

【賞析】

本詩副標題提到的「盲童墨曼」是電影《天堂的顏色》的男主角，該片是伊朗導演馬基麥吉迪在二〇〇〇年的作品。劇情大要是：墨曼是個八歲的小男孩，平時在盲人學校寄宿就讀。母親很早就過世，父親為了跟別的女人結婚，想要拋棄他，於是半哄半騙地把他帶去鄉下的奶奶家。所幸奶奶非常疼愛墨曼，他雖然看不到，但卻學會用雙手感受田園的一切。想不到爸爸又回來破壞墨曼寧靜的生活，執意要墨曼去學一門手藝，把他送去給一個盲人木匠當學徒。墨曼被帶走後，奶奶冒著大風雨去找他，被父親從半路拉回家中。回來不久，奶奶就生病去世了。因為奶奶的過世，爸爸的婚禮也被女方家長以觸楣頭為由取消。失去母親與新家庭的父親只好把墨曼帶回家，路上墨曼因溪水暴漲被洪水衝走。被生活折磨的父親一度想趁機遺棄墨曼，但最後還是在天性呼喚下來到海邊，找到生死未卜的墨曼。電影最後父親抱著墨曼痛哭失聲，隨後雨過天青，墨曼那隻觸摸世界的手指在父親的哭聲中動了一下。

這部電影的特殊之處，在於用盲童的角度「看」世界。墨曼曾經轉述學校老師的一番話：上帝更愛盲人，因為盲人看不見。一般人用眼睛看，但上帝是看不見的，只能感覺。盲人雖然沒有視覺，其他感官卻更敏感，可以用手指「看到」祂。墨曼還說，我「看到」上帝後，我要告訴祂所有事，我還要告訴祂所有的秘密。

〈最悲傷的詩——寫給盲童墨曼〉，是作者看過《天堂的顏色》後，心有感觸所寫。作者用第一人稱，關閉眼睛，跟著墨曼用手去觸摸，用耳去傾聽。詩本來最重視畫面感，但此時詩人也跟著捨棄視覺，跟墨曼學習用觸覺聽覺以及心來感受世界。因此詩人寫下了「風的溫柔」、「讓聲音擁抱」、「吱喳喳的小花」、「蒲公英細說風的迷惘」。就連巷子的長度也不是用視覺測量，而是用耳朵聽出來的。詩中說：「你問我什麼是聲音……躲在嗩吶後面是長長的巷」。

而眼睛還有沒有作用呢？梵谷鮮豔的畫色，再也看不到，因此亮黃的向日葵如同枯萎一般。眼睛的作用，只剩下流淚。「貧窮的眼還有淚，整湖盈滿的淚。」

電影的最後，墨曼生死未卜，只有指頭輕輕動了一下。究竟是活過來了，還是死前最後的顫抖，留給觀眾想像的空間。而詩人顯然是悲觀的。詩中寫「蟬的最後一口氣的哀鳴」、「魚在泥沼中緩緩遺忘了生命」，暗示了墨曼的死去。隨著墨曼的死，最後一段的敘述方式也調整成第三人稱全知觀點，重新啟用視覺。如同導演帶出最後的長鏡頭，拍出一隻大雁在空中飛過的畫面，像是上帝寫了一行詩，一行最悲傷的詩。

【作品出處】

此詩曾選入二〇〇三年出版的新秀詩人選集《保險箱裡的星星》，本書據之收錄。

【作者簡介】施俊州（1969-）

曾用筆名Marc Ianbupo、王卦怠，彰化花壇人。現設籍臺南。成功大學臺文所博士。現為《臺灣文藝》發行人兼主編、《臺江臺語文學》總編輯。曾獲府城文學獎、聯合文學小說新人獎、磺溪文學獎、打狗鳳邑文學獎、臺南文學獎、李江却臺語文學論文獎等。著有詩集《寫在臺南的書信體》、長篇小說《愛情部品》以及臺語文學論著多種。

〈洗衣機〉

施俊州 作

那一個我，幽幽忽忽跌入肥皂水轉運而起的漩渦裡泅泳，不一會，這一個我隨之淹溺於肥皂水漩渦的一圈圈同心圓，緩緩，伸出一隻空洞的袖子，象徵最終溺斃之前一種向上欲望的手勢。

另一個我，眼見這一個我奄奄沉淪的欲望，便不假思考縱身跳進轉速勻整的漩渦裡。這一個我一心想搭救業已沒入水底的那一個我，數度潛入水中覓尋，好一陣子，杳無所得，終也幽幽隱沒於肥皂水一再迴旋的吞食。第一個我的生是第二個我臨死前唯一的願望。

景況概皆如此，一個個奮不顧身的我，魚貫躍進渦漩的洗衣槽，捨命救援前一個陷溺的我，隨之盡數消失

在肥皂水一再轉繞的一圈一圈同心圓：順時針逆時針
，順時針，逆時針，反復轉繞的迷惘之中；最後一個
我，率然離開我的軀體自個兒跳入水中，祇浮出一雙
眼睛，冷冷瞻視，全身精光的我兀自呆立一再運轉的
漩渦之外。

【賞析】

這首詩表面上寫的是洗衣機洗衣服，實際上寫的是人不斷地陷入困境。衣服一件一件地被丟進洗衣機，在洗滌過程中不由自主，來回滾動的樣子很像溺水的人。作者把一件接著一件丟進去洗的衣物寫成一個接著一個下去救人的人。這些人魚貫而入，以同樣的方式溺水而亡，浮在水面的袖子像是垂死掙扎的手勢。直到丟進最後一件衣物，飄浮上來的不再是垂死掙扎的袖子，而是冷冷瞻視的眼睛，看著已經一無所有的我站在洗衣機外。

作者把每一件衣服都說成是「我」，把洗衣機寫成有著吃人漩渦的河流。每件被丟入的衣物，都寫成主動跳進去的我。衣物之所以跳進去不是為了洗

濯，而是為了拯救前一個自我。這很像是一種批判：迷茫而缺乏覺察力的人，往往本著天性的善良，不假思索地付諸行動。即使眼前的危險是這麼的明顯，人也毫不覺察，輕易而盲目地付出自己的生命。每一個經驗都沒有換來智慧，導致同樣模式的錯誤一再發生。

人活著光有善良是不夠的，必須還要有智慧。沒有智慧的善良，有時反而會為自己、為周遭的人帶來災難。發現困境時應該先設法停止惡性循環，先釐清自身處境再去思考未來可以怎麼前進。這樣災難才不會白白發生，才會變成智慧的養料。

【作品出處】

此詩原發表於一九九六年四月七日《自立晚報》本土副刊，並收錄在個人詩集《寫在臺南的書信體》，本書據《寫在臺南的書信體》收錄。

【作者簡介】李癸雲（1971-）

臺南東山人。臺灣師大國文所博士，現為清華大學臺文所所長。研究領域為臺灣文學、女性詩歌、性別論述。近年主要學術工作為結合精神分析學說與文學批評所建構的「精神分析詩學」。著有詩集《女流》，論著《結構與符號之間：臺灣現代女性詩作之意象研究》、《朦朧、清明與流動：臺灣現代女性詩作中的女性主體》、《與詩對話：臺灣現代詩評論集》等。

〈女流——給母親和女兒〉

李癸雲 作

沒有一條逆流的時間
可以將蒼老展延成童稚
母親的身體漸次裸露，風化成岸岩
三十歲的我在夢中飄流經過
心頭坎坷，苔痕雜蔓
仍見她枯乾的髮絲在水底搖曳送行

最殘忍的自然流法是泛濫　岔流
那天，母親扶著消退的肚皮
以悲喜交加的豐沛淚水，將我擠出河道
然後轉彎，撫痛前行
幼嫩的我在地圖上覓道
畫出一條河線，等待命名

接著只要在靜謐的夜裡，潺潺長大
沿途錯落的柳條和光影，低語紛紛
包容。生命中最深奧的課題
就藏在袋狀身體之內
再走遠一點，清澈終會找著濃濁
天真蒸發，智慧發酵

不曾回頭。只是——
魚兒來了，頑童擲石，沙塵失足，有人溺斃。
流速漸漸沉重，不時泛起依戀母流的波紋
還有什麼風景沒看過
我撐開空間，與時間擦身
徬徨將往何處去

一日，身體漲潮　發熱腫痛

雷電交歡了整個午後天空
前所未見的迅猛雨絲，箭般——
直射入我柔軟的體內
打起無數受精後的暈眩漩渦
我進到生命最大的轉彎點

入夜後　豐腴的腰身難耐陣痛
黎明前　洶湧的血水衝破河岸
淹沒黑暗的土地，逕直湧往日出方向
那是我初生的女兒
哭著，嚎啕離去
我守候片刻，而後轉向……

河床上母親的臉龐又瘦了些
岩石依然堅毅，我再度夢見她

從冰雪初融的山崖走下來
立成一條銀白雀躍的瀑布
唱著淙淙的兒歌，貌似女兒。
夢的佈景是亙古不變的藍天空

我們以血緣手牽手旅行
遍布空間 傳續時間
仍然無法突破夢的憂鬱邊境
逆流上溯。唯有一代代順流而下
終點是海洋，鹹苦記憶的總合

遠離海岸，在極致深藍的黑色伏流中
我們竟相遇相通相融，在一組共同基因的帶領下
混沌重整。然後，齊聚起點

【賞析】

此詩以河流為喻，寫女性生命的成長與延續。全詩共有八段，可分作兩個部分。前半部寫的是母親生下作者，後半部寫的是作者生下女兒。作者生下女兒後，回顧母親生下自己，因而對生命有了更深刻的體悟。

「女人是水做的」，作者順著這個古老比喻，創造了一個具有豐富意含的題目：「女流」。從字面上看，這是一個成詞，而且帶有貶義，如「女流之輩」、「一介女流」等。但作者用具體作品去翻轉「女流」一詞的意涵，讓「女流」在這首詩中具有多重含意。除了前面所說「女人是水做的」的比喻外，它還有「時間」的意涵，也有「生命」的意涵。流水的柔弱、善於處下、滋養萬物、寬廣包容，都是女性的象徵。

作者在前半部首先寫出河水不能倒流，暗示時間不能重來。母親從豐沛的大河，漸漸乾涸，身體慢慢地走向衰老。其次，用倒敘法寫當年母親生下自己的時候，曾經是一條水量充沛的河流，然後派生出支流——也就是生下自己。這個比喻相當精彩，子女源於母親，但不是母親的複製體，有自己生命的河道；但女兒又不是獨立於母親之外的，她的源頭、她的血液、她的生命，全都是來自母親的河。女兒在自己的河道上，有上游，有下游；有早期的清澈，也有後來的濃濁。第四段的「魚兒來了，頑童擲石，沙塵失足，有人溺斃」，是指生命中大大小小的各種挑戰。每當生命遇到艱難的課題，女兒之河，就會倍加依戀母親之河，但最後，女兒還是向自己未知的河道流去。再仔細玩味，這一段所遇到的艱難課題，就是戀愛、結婚、成家。「徬徨將往何處去」，正是點出婚後的徬徨。

後半部一開始的第五段先以雷電與雨絲寫夫妻床笫之事，緊接第六段的懷孕與生產。此時的自己也是一條大河，要派生出小河。但在派生之初，作者特別提到在讓小河的獨立生命開始轉向之前，身為母親的她，曾特意「守候片刻」。那一瞬間，懂得獨立的作者，也懂了生命的依賴。於是她在夢中見到自己的母親，自己這條大河的源頭。這個時候的母親是另一種水貌，是「從冰雪初融的山崖走下來／立成一條銀白雀躍的瀑布」。這條雀躍的瀑布，是母親年輕的時候吧！母親身為女人，在生命之初，也曾經是新生的小河。如同現在的自己，當年也曾那樣地出生。作者這一瞬間覺得懂了很多，不但懂了母親的心情，也懂了女兒的心情。母親與女兒，是這一條女性的血脈、一代代的母祖女孫都曾經歷過的。要往上追溯到最初的母親，已很困難；唯有一直順流而下，派生一條再一條的河流，養育著一代又一代的女兒。而代代的女兒們，在最後回歸的海洋中，共同擁有的基因裡，大家是相異、而又相統整的。

【作品出處】

本詩發表於二〇〇五年九月《吹鼓吹詩論壇》紙本詩刊，後收錄於個人詩集《女流》，曾入選二魚版《二〇〇五臺灣詩選》、李瑞騰編《我們一路吹鼓吹》等選本。本書據《女流》收錄。

【作者簡介】黃玠源（1971-）

曾用筆名辛玠，臺南七股人。高雄師大國文系、中山大學中文所暑專班畢業。現任教於臺南市立中山國中。大學時期為高雄師大風燈詩社社長。著有詩集《不安》、《時光記憶》，學術論文《向陽現代詩研究：一九七三～二〇〇五》。

〈躲在回憶的蛤殼裡〉

黃玠源 作

浪來的時候我們只好
躲在回憶的蛤殼裡
海帶千萬隻手掌伸過來
像晃動的現實將我們抓回去
為此我們留下眼淚並且不斷後退
那些冷暖不定的流啊，來來往往
一次一次地沖蝕我們的青春歲月
誰的容顏遺落在沙地裡難以抹滅
我們只好搖晃著軀體努力
努力往下鑽。躲在回憶的蛤殼裡
我們躲進溫柔的沙地
迴避的眼神不願再抬起
只讓你看見微露的蛤殼

黃玠源

一圈一圈刻劃著年輕的挫折和痕跡
我們的後來就是這樣
白白的天地柔柔的回憶
偶爾出來換換水偶爾出來透透氣
偶爾出來吐納一些智慧的沙粒
腹足軟軟，我們踽踽行走踽踽老去

【賞析】

作者生長在半漁半農的村莊，活動範圍是田野、曾文溪、七股潟湖，對海邊的生態環境自然極為熟悉。他借物抒情，把人的那種保護自己、害怕變化、害怕受傷、嚮往溫暖而又忍受孤單的心情，藉由蛤蜊的自述寫得相當深入。

一般人看到的蛤蜊不是都是閉著蛤殼，就是被烹煮後開了殼，很少看到蛤蜊行走。其實蛤蜊兩殼間內有閉殼肌連結，並有一束肌肉質的強大腹足。由於蛤蜊大多棲息於淺水水域，水流來來去去易被帶動，牠就用腹足埋於水底泥沙中，免受波浪侵擾。

蛤蜊將水從進水管吸進，又從出水管排出，從而進行呼吸和攝食。排水之時，也會順便吐沙。進水管與出水管，外觀看起來像是眼睛，但蛤蜊其實是依靠觸覺生活的。

作者以蛤蜊為喻，寫受傷者的心情。詩中用第一人稱寫蛤蜊把自己的殼緊閉，用腹足將自己埋在沙地上，甚至整個鑽入沙中。他害怕起起落落、冷暖不定的潮水，像一個受過傷的人，封閉自己，不想再被那些反覆無常、忽冷忽熱的人情所影響。蛤蜊也知道沙灘上的沙有的來自風化剝落的蛤蜊殼。「誰的容顏遺落在沙地裡難以抹滅」，當蛤蜊這麼問時，他是知道答案的。

蛤蜊也會微微打開蛤殼，用出水管吐沙，看起來很像探出眼睛，作者說那是迴避的眼神。蛤蜊又是種長壽的生物，要超過一百歲不是難事。每年蛤殼上都會增加一圈紋路，蛤紋的疏密能反映海洋氣候，科學家也喜歡用蛤殼進行海洋的研究。詩人寫著露出沙面的蛤紋，一圈一圈，是過去挫折和痕跡的體現。詩人也覺得蛤蜊把自己封閉在兩片蛤殼間，像是留在白色的小小天地間，偶爾吐沙，像是另一種智慧結晶。而他只有一隻腹足可以移動，因此詩人挪用「踽踽獨行」這句成語來形容蛤蜊，強化孤獨感。

蛤蜊在這首詩中是一個避世的智慧老者。他避開紛爭，封閉自己。任他潮水來來去去，只願意堅定地站在沙裡，用堅硬的外殼，保護自己最柔軟的肉身。他活在世上，用僅有的一隻腹足行走。雖然孤單，但也遺世獨立。

【作品出處】

本詩原發表於一九九二年七月九日《臺灣新聞報》西子灣副刊，同時發表於當年七月《藍星詩刊》。收入個人詩集《時光記憶》，曾入選《八十一年詩選》（向明、張默主編，現代詩季刊社出版）。本書據《時光記憶》收錄。

【作者簡介】王厚森（1976-）

本名王文仁，現居臺南仁德。東華大學中文所博士，現為虎尾科技大學通識中心副教授、「創世紀詩社」同仁。曾獲 PChome 情詩獎、南瀛文學獎、府城文學獎等。著有詩集《搭訕主義》、《隔夜有雨》，論著《現代與後現代的游移者——林燿德詩論》、《啟蒙與迷魅：近現代視野下的中國文學進化史觀》、《日治時期臺人畫家與作家的文藝合盟：以《臺灣文藝》（一九三四～一九四六）為中心的考察》，編有《島與島飛翔：陳謙詩選》。

〈默與響——記旅途中停歇臺東那界海〉

王厚森 作

青春是靜默的
海是靜默的
風是靜默的
夜是靜默的
浪是靜默的
怕癢樹是靜默的
防波堤是靜默的
流浪是靜默默的
只有想念的靈魂，震耳欲聾。

王厚森

【賞析】

此詩副標題提到的「那界海」是臺東一間無菜單料理餐廳，位於都蘭山附近，有著美麗的海景。作者在這間餐廳的戶外用餐區休息用餐，欣賞海景。但眼前的一切景色都彷彿靜默無聲，海、風、夜、浪、帕癢樹（紫薇／九芎）、防波堤，乃至抽象的青春、流浪，全都安安靜靜。何以如此？原來是「想念的靈魂」震耳欲聾。

作者此時正飽受思念之苦，心靈只能容得下一種聲音。當整個心靈都苦於思念時，所有的其他，也都顯得安靜了。浪濤聲聽不見、海風聲聽不見、樹葉搖晃的聲音聽不見，像是被無形的密閉窗隔開一樣。

詩的題目叫「默與響」，萬象均默，造成了最後思念的巨響。而這思念的聲音，就是他對此次停留那界海所留下最鮮明的印象。

【作品出處】

此詩收錄於二〇一四年出版的個人詩集《隔夜有雨》，寫作時間應在二〇一一年至二〇一三年間，本書據之收錄。

【作者簡介】若驩（1977-）

本名陳昱成，臺南人。成功大學中文系、臺北藝術大學戲劇所畢業。現為國立臺灣文學館研究員。創作以詩為主，創作題材結合當代時尚與城市脈動，以流行物件為符碼，藉由想像力開端發展出多層次意象，由此探索少年成長、身體情慾、愛情啟蒙等主題。曾獲林榮三文學獎、南瀛文學獎、府城文學獎、教育部文藝創作獎、國軍文藝金像獎。著有詩集《英國王子來投胎》、《甜蜜並且層層逼進》、劇本集《我們去看飛碟》。

〈甜蜜並且層層逼近〉

若驩 作

我經常從你頸背
翻閱舊日的時光
黯藍色的書本
沉思的河
與腐爛

也曾在你的胸前凹骨
拾回你遺失的字句

你不愛詩的
但你是大地之詩
你是冬季左前窗口緩慢飛降的落葉
你是風　是樹

若驩

也是海
你是甜蜜
並且層層逼近

海龜在億百年外的海爬行
月光持續照射著一個男孩的胸口
我揹著新寫好的詩
向你靠近

【賞析】

這是一首描寫同志情感的情詩。如同題目所說的「甜蜜，並且層層逼近」，作者寫出向心儀的男孩靠近、再靠近，感受愛情的甜蜜。

詩中有三種意象：身體、大地、詩，作者把這三種意象合而為一，身體為本尊，大地、詩皆為分身。對大地的歌頌、對詩的歌頌，就是對男孩身體的歌頌。

男孩是一個擁有美好身體的人。雖然男孩不愛詩，可能也不懂詩，但作者覺得男孩的身體就是最美的大地之詩。「你是風　是樹／也是海／你是甜蜜／並且層層逼近」，男孩的身體就是大地的一切。作者借用對大地與對詩的讚美，來讚美男孩的身體。因此作者在男孩的頸背看到河流，也在胸口看到遺失的字句，看到月光。

詩是一種間接的藝術。間接能產生美感，豐富想像。作者透過歌頌大地與詩，間接地歌頌身體，使身體之美顯得更加豐富與美好。

【作品出處】

此詩原發表於《自由時報》副刊，收入二〇〇三年出版的個人詩集《甜蜜並且層層逼近》，曾選入孫梓評、吳岱穎編《生活的證據：國民新詩讀本》。本書據《甜蜜並且層層逼近》收錄。

【作者簡介】陳柏伶（1978-）

彰化和美人。成功大學中文所碩士，清華大學中文所博士。詩人、流浪研究員。曾獲聯合報文學獎。著有詩集《冰能》，碩士論文《據我們所不知的——夏宇詩研究》、博士論文《先射，再畫上圖：夏宇詩的三個形式問題》。

〈李記〉

陳柏伶 作

李記的 logo 是絕望的正方形
每一邊都是另一邊的再現

這一餐再現下一餐
這禮拜三再現上禮拜三
周休二日之前完全
等於周休二日之後

過年前是過年後
這個人
也是
那個人
甚至這首詩

或是那首詩
完全都沒有
李記不能描述的樣子

用最令人不安的方式來說
李記不只是李記
即始我從小姓陳
李記就是

生活本身
李記就是
生命本身
就是
寂寞
本身

註：李記，「日子」的臺語。

【賞析】

陳柏伶在大學時代曾經是個正正經經的文藝青年。自從她寫了《據我們所不知的》跟《先射，再畫上圖》後，就從「正經」演化為「神經」了。她寫詩多年，最後出版詩集《冰能》的時候，竟然把過去正經的詩全都刪掉，留下大量的，像〈李記〉這樣神經病的詩。讓人在讀完哈哈一笑之後，覺得「這真是神了」。

讀〈李記〉的時候不能太認真嚴肅，雖然她說了一些認真嚴肅的東西，但一定要心情放鬆才能領會它的趣味。「李記」聽起來很像商店名，但用唸的的話，又是「日子」的臺語。作者一開始先賣個關子，不說李記是什麼，只說李記像是「絕望的正方形」，又說李記能描述一切。接著慢慢開始自問自答：明明一個姓陳的人，為什麼一直在說李記呢？原來李記跟姓李無關，李記是生活，是生命，是寂寞。詩一直沒有點破「李記」是「日子」，直到最後作者才在詩註中揭曉答案。

這首詩如果正經地寫，用瘂弦的寫法就是「沒有什麼現在正在死去，／今天的雲抄襲昨天的雲。」（〈深淵〉）她對日子的感受很複雜，一方面很單調，但是單調的背後不是無聊，而是恐慌。日子就這樣沒指望地重覆下去，重覆到讓人心裡發毛。不過在最後，作者給日子的屬性定調的時候，用的卻是「寂寞」一詞。是的，承擔日子，最後只有自己能承擔，不能倚賴他人。這可不就是寂寞嗎？

古人論詩，說詩可以興、觀、群、怨。其中的「怨」字足見自古以來詩就一直可以處理負面情緒。陳柏伶當然不是真的神經病，她只是用一個輕鬆自嘲的態度，用一種可愛的口氣在抱怨。我們讀這首詩，不妨就當成與朋友閒聊，讀完之後，「幫哭哭」一下。

【作品出處】

此詩原本張貼於個人臉書，後收錄於個人詩集《冰能》，二〇一五年正式出版，本書據《冰能》收錄。

【作者簡介】陳瀅州（1979-）

臺南人。成功大學臺文所博士，現為雲林科技大學漢學所兼任助理教授。研究範圍包括現代詩學與臺灣新詩史、亞洲華文新詩發展。學術研究曾獲國史館臺灣文獻館、國藝會、建成臺文獎之獎助。曾獲府城文學獎、鳳凰樹文學獎。著有《戰後臺灣詩史「反抗敘事」的建構》。

〈遠方〉

陳瀅州 作

你寄來想念的灰燼
要我服下這帖和水的繾綣

一飲而盡的杯底
沉澱出
時空的殘滓

遠方，無色無味
因而無法凝視

【賞析】

詩的語言不能呆板，要虛實並用，〈遠方〉就是一首虛實並用的詩。

陳瀅州

詩中分成兩個部分，第一個部分虛寫，用吃香灰的比喻寫出對失落靈魂的安撫。第二個部分實寫，寫出遠方無法凝視。

民間信仰中，人受到驚嚇後會去收驚。神職人員會將符咒燒成灰燼，化入水中（稱為符水）讓病患服用。作者藉由這個常見的民俗療法，取其安撫之意，卻把灰燼的來源改成情書。寫情書的人已經不把白紙黑字寄給作者，她寄來的時候已經是灰燼了。

情書化為灰燼，讓人聯想到這段愛情已經成灰。雖然成灰，但收信人卻不覺得是灰飛煙滅，他寧可相信這是能夠和入水中的符咒，攪拌之後，可以喝下治病。所有的不愉快，則像杯底所沉澱的殘滓。

然而，畢竟愛情已然逝去，因此它真的是遠方了。在象徵意義上，遠方是個永遠到不了的地方。如果可以到得了，它就會成為「這裡」，而不是「遠方」。如今，過去那段愛情已經永遠留在「遠方」，也因此，作者才說它「不可凝視」。

這首詩寫的是對一段消失的感情的追想。曾經美好，也曾經濃冽，如今都已成為沉靜的過往，留下的不是追悔，也不是怨恨，而是無色無味的平淡。

【作品出處】

此詩曾發表於二〇一六年一月《乾坤詩刊》，本書據作者供稿收錄。

【作者簡介】甘子建（1979-）

曾用筆名天空魚，臺南六甲人，現任職嘉義。近年創作以生活為主，詩風偏向自然簡單口語化。著有詩集《有座島》等。

〈如果我是大猩猩〉

甘子建 作

我想拍拍胸口
對妳喔咿喔喔咿喔
我也想拍拍胸口
對喜歡妳的他喔咿喔喔咿喔

【賞析】

愛，明明可以很簡單，為什麼很多人都要把它變得很複雜？這一次詩人決定讓愛簡單一點。

語言本來是溝通的工具，為什麼反而容易變成溝通的障礙？為什麼世界上有那麼多言不由衷的話？那麼多巧妙的謊言？那麼多合理化的說詞？這些話到底是用來騙別人還是騙自己？如果是大猩猩，沒有那麼多複雜的語言可以用，那牠就會最簡單的語言，表達最真實的情意。喜歡就表達喜歡，嫉妒就表達嫉妒。甘子建的詩中，雄猩猩對雌猩猩以及另一隻雄猩猩同樣都是「拍

甘子建

拍胸口」「喔咿喔喔咿喔」，但牠要表達的意思，就是那麼具體而清楚。

可惜善於運用語言的人類，卻在溝通上繞了遠路。多少糾結與煩惱，都是在語言上發生。明明是嫉妒，卻說是風度；明明是喜歡，卻說不在乎。說起來，還不如大猩猩啊！

【作品出處】

此詩未曾發表，是作者為本書提供的新作品。

【作者簡介】曾琮琇（1981-）

筆名蟲喚，新竹人。清華大學中文所博士，現任科技部人文社會科學研究中心博士後研究員。大學、碩士班時期，就讀成功大學中文系所。曾獲青年文學獎、優秀青年詩人獎、耕莘網路文學獎、全國學生文學獎、竹塹文學獎、鳳凰樹文學獎、時報文學獎等數種。著有詩集《陌生地》、論著《臺灣當代遊戲詩論》等。

〈陌生的地方〉

曾琮琇 作

這裡是一個陌生的地方
清晨，我在巷口買的綜合飯團
三分鐘後滾進空蕩蕩的校園
桌和椅並不安穩
陌生的人在講臺前向國父答腔

飯團裡有四分之一顆滷蛋，海苔
火腿，肉鬆及過期的酸菜
我咬下一口極為堅硬的飯粒，這個地方就輕輕
撼動了起來

這個陌生的地方
窗子很高而且總是密閉

曾琮琇

交秋的季節行鳥從屋頂飛過
樹枝上垂掛蒼白的樹葉和藤蔓
整個嘈雜的夏天只留下被消音的蟬殼嗎

你的語言裡有我不了解的單字
我寫著你看不懂的甲骨文，在這個
陌生的地方，我們陌生地以幸福交換
彼此的不陌生

不斷有砂礫飛來
我久眠的疼痛因焦慮而被喊醒
胃袋裡的飯團總是不易消化，在這個
陌生的陌生的地方，躁熱的青春
其實都有一點點微微的悲涼

【賞析】

這首詩在寫與環境格格不入的隔離感。「陌生的地方」就是學校，作者對它沒有「我的地盤」、「親切又熟悉」的感覺，而是反覆喃喃地說著「陌生的」。這種隔離感遍布全詩。

全詩共有五段。第一段點出地點就在「校園」中。作者挑了一大清早，學校還空盪盪的時間點入詩，強化校園的疏離形象。老舊的桌椅「不安穩」，鬆動得厲害，彷彿隨時會垮掉。教室裡還有人在跟國父遺像答腔。整段的疏離感很強烈，尤其描寫桌椅的不安穩將對環境的基本信任都排除掉了。

第二段寫疏離的早餐。再平常不過的飯團，作者也可以吃出「過期的酸菜」。酸菜的保存期限其實很長，一早吃到「味道不對勁的酸菜」，嚴重影響作者的心情，對環境的友善態度應該蕩然無存，但作者反而出乎意料地說「咬下一口極為堅硬的飯粒，這個地方就輕輕/撼動了起來」。她竟然克服了這個難以下嚥的飯團，內心正在為自己的努力鼓掌。

第三段寫疏離的教室。人在教室中上課應該要看黑板或者課本，但作者看的卻是窗外，表示她對環境並不融入。當她專心在看窗外時，發現窗戶的位置並不友善，人必須仰望，充滿監牢感，這讓原本應該是學習場所的教室，增加了幾分牢籠般的幽暗。連窗外傳來的蟬鳴，作者都覺得它是瘖啞的，被消音的。

第四段有了轉折。作者似乎想要打破這種疏離的局面，想要積極一點參與到環境中。但她卻遇到天書一般的外文，「你的語言裡有我不了解的單字」，感覺到自己被天書欺負了，只好回過頭來，找找看自己有沒有什麼可以欺負別人的武器，然後翻到甲骨文。在這種打破疏離的嘗試中，作者感覺到格外的疏離。交淺言深，認識不深，就開始用自己未來的幸福，去交換不陌生。看看自己這樣的舉動，就是一副生疏恐慌的樣子。

最後一段，因風起揚沙，被砂礫打了一臉，作者又重新回到疏離的狀態。想起剛剛自欺欺人克服掉的那顆飯團，現在正在肚子裡隱隱作怪。自以為已經解決的事情其實並沒有解決。而燥熱的青春需要釋放，人卻在一個充滿疏離感的地方被環境隔離在邊緣，自己也壓抑著情感，就這樣和平而苟且地活著。雖然和平，但是苟且。想一想，這種和平也是帶著悲哀的啊！

這首詩寫的似乎是一種暫時的狀態，就是人在融入環境之前的那段時間的心理狀態。作者把這個狀態化為一首詩，用意在提醒：這個狀態，有可能是寫作的本質。寫作者就是讓自己處在陌生的地方，想要進入而又感到疏離，從而得以冷眼旁觀，看得更加清楚。

【作品出處】

這首詩原發表於二〇〇一年十二月十一日《聯合報》副刊，收在作者個人詩集《陌生地》，本書據《陌生地》收錄。

【作者簡介】陳允元（1981-）

臺南人。政治大學臺文所博士，現為臺灣師大臺文所兼任助理教授、目宿媒體文學顧問。主要研究領域為戰前東亞現代主義文學、日治時期臺灣文學、臺灣現代詩等。曾獲林榮三文學獎。著有詩集《孔雀獸》，博士論文《殖民地前衛：現代主義詩學在戰前臺灣的傳播與再生產》。與黃亞歷導演合編之《日曜日式散步者——風車詩社及其時代》獲臺北國際書展年度編輯大獎、金鼎獎。

〈再也沒有人需要遠行〉

陳允元 作

再也沒有人需要遠行
在長假將盡
太陽
最燦爛的時候

彷彿回到工業革命前
的時空概念：一匹馬
所能行進的距離
便是一座都市；便是我們
能相遇的半徑

且讓我們近距離地
肉搏

與
相愛：
咬，就能夠滲出血來；
擁抱，就會覺得溫暖。

至於那些漫長
而百無聊賴的人生——啊
……都是幸福的奢侈。

長假將盡
若再也沒有人
需要遠行

【賞析】

這應當是一首情詩，詩中有三個重要的字眼：「長假」、「遠行」、「工業革命以前」。細心的讀者可能會注意到，這三個字眼，都與「工作」有關。為什麼人沒有長假？因為要工作。為什麼人不能遠行？因為要工作。工業革命以前就沒有工作嗎？其實工業革命以前，人雖然工作，卻不是讓現代社會那樣上下班，那時候人的經濟型態是另一個面貌，人與土地的關係比較緊密。

現代人工作壓力大，生活被工作綁得死死的，連愛情都像是工作的潤滑劑，是為了提高工作效率而存在的。這個想法很可怕，不像是愛情的本來面貌。也因此，作者從工作的反面——假期、遠行、古時候，來找尋動人的愛情。愛情在假期中、愛情需要遠行、愛情需要真實。愛情要能咬得出血、抱得到溫暖才算真實。

之所以說愛情在假期中，是因為假期才是我們真正想過的生活。而說到愛情需要遠行，是因為遠行才能不斷地遇到新的事物，生命才不會日復一日地單調無聊。愛情需要真實，要近距離用身體與身體相處，不要遠距離用工商業社會中發明出來的電腦軟體來勉強維繫。

然而這首詩在呼喚愛情的同時，細心的讀者當會注意到詩中說的是假期將盡，沒有人需要遠行。也就是說，愛情正處在即將消失的瞬間。愛情一旦消失，人生就顯得漫長而百無聊賴。

編者對此詩還有一種體會：有一個詞叫「夏日戀情」（summer love），指的是發生在暑假、結束於開學的短暫戀愛。雖然短暫，但真誠而熾烈。即使這段感情無以為繼，但也會在心裡留下一道難以忘懷的痕跡。作者這首詩也很像夏日戀情的詩。長假指暑假，燦爛的太陽象徵熾烈的愛情，而「再也沒有人需要遠行」或許是：我不要再走下去了，我要把心封閉起來了。

【作品出處】

此詩寫於二〇〇八年，原本張貼於網路論壇。後收錄於二〇一一年出版的個人詩集《孔雀獸》。本書據《孔雀獸》收錄。

【作者簡介】 黃柏軒（1983-）

臺南人。成功大學中文系、東華大學創作與英國文學研究所畢業。著有詩集《附近有人笑了》。

〈發條玩具〉

黃柏軒 作

時間一直在走
我們慢慢鬆掉

我想讓你聽見
鬆掉的聲音

我帶來這個發條玩具
是我們一起做的
我們一起看
轉緊它

（它不動
閉著眼睛）

黃柏軒

我們一起把它放到地上
拍拍它
它終於哭出聲音
走了起來

我們在旁邊看
你看它走得多好
你看它多吵，真妙
你看它一下子就走遠了
你看它
停了

我們把它收好
看一看錶
我們一起目擊它走了

一分鐘
只是如此
並未相視而笑
我們繼續鬆掉
想著眾神死亡的草原
上面聞到的風是什麼味道

註：「眾神死亡的草原」一詞抄自海子〈九月〉。

【賞析】

發條玩具在上緊發條後會短暫運轉。或許走動，或許唱歌，之後就重歸平靜。必須再度上緊發條，才會繼續運作。

敏感的作者從中嗅到哲學的味道。發條玩具很像人生的縮影。一開始精力旺盛，然後變慢，最終停下來。但發條玩具又可以反覆地上緊發條，因此有種生命週而復始的感覺。生命雖然免不了一死，但可以輪迴往復，可以一次又一次地重新開始，因此給人的感覺不那麼沉重。再加上，它是玩具。

生命為什麼可以一次又一次地重新開始？有的人說因為輪迴，有人說因為新生命誕生。作者用發條玩具來暗喻生命，不去強調死亡的可怕。但不可怕的日常生活，過著過著就「不會動了」。人生課題的嚴肅性，其實一直都在。

再來看看「我們」。「我們」是誰？作者沒有明講，姑且就看成一對青梅竹馬的靈魂伴侶吧。這對青梅竹馬一起做了一個發條玩具。玩具自己會走、會吵、會哭，好像代替他們在活。玩具動了一分鐘之後靜下來，他們「並未相視而笑」。然後筆鋒一轉，寫他們自己也像發條玩具一樣正在鬆掉。如果一分鐘之後他們也靜下來，會是誰「並未相視而笑」呢？是神嗎？

應該不是神，而是另一種存在。作者在最後借用大陸詩人海子〈九月〉詩中的一個形容：「眾神死亡的草原」。在這個地方，連眾神也死掉了。神死掉以後，還是有個味道會被聞到，被一個超越於神的存在聞到。這個存在不知該叫它什麼，總之它的存在會讓死亡（停掉的發條玩具）顯得不那麼可怕。

這是一首寫生命本質的詩。玩具本身會停掉，象徵生命會終止。而玩具在轉動的過程中，是一直和人有互動的。與人的相處，使得生命的存在有內容，也有意義。

【作品出處】

此詩收錄於二〇一四年出版的個人詩集《附近有人笑了》，本書據之收錄。

【作者簡介】孫得欽（1983-）

屏東人。大學就讀成功大學中文系，東華大學創作與英國文學研究所畢業。著有詩集《有些影子怕黑》。

〈電梯〉

孫得欽 作

神
手指勾著繩子
上上
下下
有點
想打瞌睡

但是到了
上下班時間
就會稍微刺激
一點
為了拿到滿分
有時候

使用的手指
甚至高達三根
按鈕的人
無一明白
他們正在
創造神蹟

【賞析】

這首詩講了一個小故事。愛玩的神像在戲耍一般，勾著繩子操控電梯。電梯升降有離峰期與尖峰期，到了上下班的尖峰時間，電梯頻繁升降，神就會更忙，覺得更有挑戰，甚至需要多用上一根指頭才能維持電梯的穩定，達到滿分。原來，尋常生活中電梯升降也是神的作為，只是搭乘電梯的人並不知道自己正在幫忙完成神的作品，正在「創造神蹟」。

這首帶著奇想，充滿童趣的詩，除了想像力豐富，背後也蘊含一個道理：

生活，是不好理解的。作者在《有些影子怕黑》的後記中提到：「這一個階段我漸漸學會把生命中大小瑣事一概視作神諭，並或多或少地加以解讀，這麼做不僅讓生活的每事每物都泛起一層薄薄的靈光，更讓一切隨機運轉的無謂與無情之事，彷彿都有了存在的必要與必然，並且讓人稍稍可以承受得住命運的洶湧。」

生命中有很多事情，比如背叛，比如殘缺，都不好理解。由於不知該怎麼面對，於是人們謙虛地相信，眼前所遭遇一切，都是神的試煉。神的暗示無所不在，詩人寫作有時只是留下線索，以便日後的理解而已。

這說明有些詩晦澀難懂，是因為詩人並不是在表現自己。人好懂，神不好懂。詩人留下詩意的線索，雖然自己遲遲不能理解，讀者也不見得理解，但其中卻有一種氣質，讓人願意去慢慢理解它。

【作品出處】

此詩收錄於二〇一四年出版的個人詩集《有些影子怕黑》。本書據之收錄。

【作者簡介】吳俞萱（1983-）

臺東人。大學就讀成功大學中文系。寫詩、影評、策畫講座。實驗教育工作者。著有詩集《交換愛人的肋骨》、《沒有名字的世界》、文集《居無》、《逃生》和《隨地腐朽：小影迷的99封情書》。

〈界外〉

吳俞萱 作

沒有一條路想像
一個終點在遠方
如同一個終點
無法覺察任一條路
通向文明的內陸，還是
墓園

每一個此刻
安居此刻
不去意識自己成為一條路
一個終點，或者
一種遠方
比遠方更難命名的地方

吳俞萱

驅逐想像
令它們走得更遠
每一回轉身
都能瞭望邊界之外

那樣的一個地方
葉子落下不覺得冷
地面濕了且乾

縫隙填滿時間，以及
時間的屍骸
所有生命靜靜轉動
把每一次失落
看成日夜相逢

【賞析】

你是否有過這種想法：站在夠高夠遠的地方，回頭下望生活的住所，意識到自己的渺小，然後冒出了「萬事何必強爭」的念頭？當你身處七情六慾之中，是否偶爾也會想，會不會有雙眼睛，在很高很高的地方嘲笑我？笑我像一隻激動的螞蟻，為了纖毫小事而怒極攻心，悲從中來。

這種「站在高處、放下一切」的舉動，中間有個奇妙的聯結——渺小是可笑的。我們不知道渺小為什麼可笑，但是很多人確實有這種感受。站在界外好像就能掌握全局，評價界內的事物。界內之人一旦意識到界外那雙眼睛，經常帶著嘲笑的眼神，就會覺得自己怎麼做都可能會被笑。必須高冷一點，必須故作瀟灑，才顯得我身在界內，心在界外，才能與造物者同遊大化之中。

吳俞萱的詩並不故作瀟灑，而是認真的活在當下，活在界內。真真切切地體認界內的一切，不去憑空想像一個界外的目光來否定界內真實的自己。她甚至也想，其實就算真的有界外，而且界外也真的有雙想要評價界內的眼睛，這雙眼睛也看不出眼前這條界內的路是來自文明還是來自墓園。它是來自對生命的超脫？還是只是因為放棄生命？界外與界內既然處於同一平面，界內之人自然沒有必要看輕自己了。

詩的第二、三段，說到界內之人被生活所苦。然而不去設想自己已然站在超脫的界外，他只是一直想像著走到眼前不遠的地方，像是沙漠中趕路的商旅，受到眼前一座又一座土丘的吸引，迎上它然後超脫它。用這種方式慢慢靠近沙漠的邊界，才會有最後的解脫。

第四段想像著那最後解脫的畫面，那裡堆積著許多逝去的時間。作者把時間想成一具具死去的屍骸——也許是死掉的毛毛蟲之類的——塞在邊界的縫隙裡。有那麼多逝去的時間，意味著一切終將過去。在那裡，太陽會落下，黑夜會降臨，一切都會結束。但作者不把結束看成結束，反而把它看成是「日夜相逢」，是再正常不過的天道循環，只不過此時處在黑夜的狀態罷了。

人的一生，難免有過不去的憂傷。有些人在安慰朋友時會講一些更慘的狀況，幫他們度過憂傷，像是用遠方的戰爭來安慰眼前的失戀。這種安慰有時候適得其反，被安慰的人會覺得自己的憂傷遭到否定。有的憂傷比起巨大的苦難顯得微不足道，但也不必因此否定它。要知道，只有承認自己的憂傷，憂傷才會真正的變小。急著否定憂傷，憂傷反而會盤踞於心靈，無法消滅。

【作品出處】

此詩收於二〇一六年出版的個人攝影詩集《沒有名字的世界》，本書據之收錄。

【作者簡介】潘家欣（1984-）

臺南仁德人。臺南高工美術老師。詩人、畫家。著有詩集《妖獸》、《失語獸》、《負子獸》，編有《媽媽 +1》詩選。

〈長大〉

潘家欣 作

濕濕的，涼涼的
我一個人
偷偷底
長大了

雨水打在殼上
羽毛輕拂樹梢
我學會聽螞蟻的奔跑，蟋蟀的冥思
陽光，陽光好溫暖
確確實實照耀在我的肌膚上

媽媽，我一個人偷偷底
長大了，世界已經裂開

我不是妳的蛋
我會走到崖邊
我會試圖飛翔
我摔在地上，會死
會支離破碎
但不再面目模糊

看看我的手腳
看看我的眼睛
看看我

【賞析】

父母疼愛子女是天性，子女孝順父母是美德。俗話說：「百善孝為先。」又說：「天下無不是的父母。」只是勸導子女孝順父母，珍惜父母盛年這種話很容易照顧不到親子之間存在的負面情緒。親子之間的互動如果完全其樂融融，這個世界就太平了，就不會出現由此引發的社會問題。文學家的職責不是順勢地講一些輕巧的話，相反的，文學家必須比一般人更加具備莫大的勇氣，去講一些聽起來刺耳的話。

〈長大〉一詩透過一隻小鳥的口吻，向鳥的母親說自己要長大。詩的一開始，雛鳥破蛋而出，便已開始偷偷在成長。雛鳥說，自己能學習，自己能成長，自己能承擔風險，能付出代價。在父母的眼裡，孩子永遠都是孩子，有時因為不敢放手、擔心孩子受傷，反而讓孩子失去成長的機會。而孩子也不一定享受這種疼愛，他們可能更希望被當成獨立的個體，去衝、去闖、去承擔責任。因此詩裡面說「我摔在地上，會死／會支離破碎／但不再面目模糊」。成長不只是自由飛翔，也包含可能會摔死的風險。

這首詩站在孩子的立場發言，或許從父母的立場讀來會覺得很受傷。但是人生原本就是一道道考題，在考驗中人有機會累積經驗，並從經驗中獲取智慧。父母可以從這首詩中得知孩子的心聲，孩子也可以從這首詩中確認那種想要獨立自由的心情。

【作品出處】

此詩寫於二〇〇九年，收於個人詩集《妖獸詩》，本書據之收錄。

【作者簡介】謝予騰（1988-）

臺南新營人，現居麻豆。成功大學中文所博士生。著有詩集《請為我讀詩》、《親愛的鹿》、《浪跡》，小說集《最後一節車箱》。

〈請為我讀詩〉

謝予騰 作

假日，書已經看完
長廊的盡頭擺放著黃昏
樹影搖晃著窗簾
還不到能夠將路燈點亮的時間
可以的話
希望你翻開剛剛，折角
青春佇足的那一頁
為我，輕輕將詩句咀嚼

如同小徑上還沒走來
春天的腳印很遠
我仍只是，只是你唇瓣間
尚未定位的語言

謝予騰

不需文法，也沒有章節
彷彿有風，隨時都能起飛
但不輕易說出
任何一個可能牽涉愛的字眼，畢竟
假日午後的明媚
不適合誓言，也不需要鬥嘴
不刻意設定所有的環節
只想請你為我讀
那首，不會困擾你的詩

請為我讀詩，請為我
讀那首你和午後都不曾離遠的詩
讓風箏能緊握著線
讓海水能拍撫島嶼的岸邊
我需要你，真實的聲音

讓時間趕上秒針
並且不再為自己寫下永遠
請為我讀詩
在這假日，明媚的午後

【賞析】

青春的年代，我們有最純真的感情，最要好的同學。長大以後，朋友各自努力，各自發展，有可能走向截然不同的道路去。可能選擇了不同工作、不同志業、乃至不同宗教信仰、不同政治立場、不同感情態度等等。但不管後來的人生如何迥異，都不妨礙我們在年少的時候，曾經非常要好過。

謝予騰的這首詩，寫的是情詩。從詩中看來，讀詩的女孩子可能會跟作者爭吵。具體爭吵的內容不清楚，只知道跟「愛」、「誓言」、「鬥嘴」有關。從第二段來看，謝予騰與讀詩女孩之間的關係，曖昧而尚未定型。他說自己「只是你唇瓣間／尚未定型的語言」。他甚至小心翼翼地說「春天的腳印很遠」，彷彿對兩人之間的關係非常不確定。而他也不敢輕易地說出「任何一個可能涉愛的字眼」，寫出既期待又怕受傷害、既想被接受又害怕困擾對方的心情。

他期待著女孩為他讀詩。他想聽見他自己的心聲、被女孩的聲音唸出。考慮到女孩的感受，他體貼地、避免那些可能會冒犯的詩，而選「你和午後都不曾離遠的詩」。他用風箏與線、海水拍撫島嶼，來概括她與他之間的關係。風箏要飛走、線拉著它，二者施力是相反的，但線卻是風箏唯一的陪伴。作者以此為喻，似乎暗示自己是要迎風飛去的風箏，而女孩是拉著他的線。他又用海水與島嶼來比喻二人的關係。島嶼暗示著作者對土地的關愛，而海潮溫柔地拍撫島嶼，像是女性帶有母愛的關懷。

這首詩的第一段提到時間點，大概是午後接近黃昏、但還不到夜晚的時候（路燈還沒有亮）。如果我們用一天的時間來比喻人的心靈狀態的話，「早上」可比成未成型，「夜晚」可比成已定型。而詩中的時間——尚未到黃昏的午後階段，則意味著已有明顯傾向、但還沒真的定型。既然還沒有定型，那就還不用死心，還可以交流。詩中還有另一個時間點：假日。假日給人的感覺是放鬆的，不像平常日那樣緊張、充滿戰鬥感。選擇假日請求朗誦，也是看上了假日與不定型之間存在的聯想吧！

這首詩可以當成情詩讀，也可以當成政治詩讀。以情詩來說，詩中寫的是對一段可能將要終結的愛情，作最後的挽留；以政治詩來說，則是希望過去的情人，能在假日的時候，為不同政治立場的自己，唸出一段心聲。心聲的朗讀中，有舊日的情誼，彷彿回到了過去尚未定型的曖昧時光。無論是何者，這都是一首溫柔的詩，渴求從已經定型回到未定型、回到青春充滿希望的時刻。

【作品出處】

此詩曾刊登於二〇一〇年《人間福報》副刊，是第四屆南華文學獎得獎作品，收在作者個人詩集《請為我讀詩》。本書據《請為我讀詩》收錄。

【作者簡介】崎雲（1988-）

本名吳俊霖，臺南人。高中就讀臺南二中，現就讀政治大學中文所博士班。曾獲優秀青年詩人獎、創世紀詩社六十週年紀念詩獎、教育部文藝創作獎、X19全球華文詩獎、臺南文學獎。詩集《銀葉側身》獲國藝會創作計畫補助。寫詩之外也寫散文。曾是風球詩社的創社委員，現為創世紀詩社同仁。另著有詩集《回來》、《無相》。

〈後來〉

崎雲 作

我曾試著將悲傷
裝進木盒
使其擁有木質的溫暖

我也曾將愛
從木盒中細心的取出
順著曲折的紋理
畫出一株枯瘦的樹

我的祖先們曾定居在樹中
堅毅的讓落葉堆滿枝幹
我們曾是樹的本身
後來才是取出和置入

【賞析】

此詩前兩段意象精彩。「我曾試著將悲傷／裝進木盒／使其擁有木質的溫暖」。悲傷是心情，如果一個人行事作風都以自我為中心，那麼他不會想到要讓他的悲傷帶著溫暖。他只希望在悲傷時，世界都向他行注目禮，至少不要來打攪他的悲傷。

但作者卻想到要把悲傷放在木盒裡讓它擁有溫暖，這種行動只有詩裡才能發生。悲傷如果有溫暖，那它就是愛的另一種形式了。它是不傷人的，它是暖人的。它可能沒辦法靠著自己的力量溫暖起來，但它可以靠木盒，靠一些外在的東西，讓自己獲得力量。

順著這個思路繼續想，既然可以在木盒裡放悲傷，那應該也可以從木盒裡取出愛吧！這個愛不是別的，就是那個溫暖的悲傷。當悲傷的他重新獲得力量之後，他開始好奇木盒的力量是從哪裡來的。於是他順著木頭的紋理，找到樹，找到土地，找到家族祖先。

在他尋找的過程中，他一開始畫的那棵樹，並不是健康的大樹，擁有茂密的樹葉，陰涼的樹蔭。既然這棵樹象徵的是我與我的根源，那他為什麼畫出一棵枯瘦的樹？從接下來的詩句中可以看出，樹的枯瘦源於樹的性格。這棵樹「堅毅的讓落葉堆滿枝幹」，表示這是一棵習慣付出的樹，把自己的一切都付出，要把自己的落葉堆滿枝幹，化作護花的春泥。這也解釋了為什麼一開始我在悲傷的時候，會想到還要把這悲傷變成溫暖的愛。

最後詩人說，「我們曾是樹的本身/後來才是取出和置入」。這句話說的就是我們一開始沒想到傷心與付出，我們是先有了完整的自己，然後在完整的自己中，看到傷心與付出。

【作品出處】

此詩二〇一一年七月三十一日發表於香港詩刊《詩＋＋》，收入個人詩集《無相》，本書據之收錄。

【作者簡介】林禹瑄（1989-）

臺南白河人，於臺南新營就學至高中畢業。現為自由撰稿人。獲時報文學獎、宗教文學獎、臺積電青年學生文學獎等。作品入選《七年級新詩金典》、《年度詩選》，並有國際報導作品入圍二〇一六年卓越新聞獎。著詩集《那些我們名之為島的》、《夜光拼圖》。經營部落格「此來」。

〈在我們小心摺疊的房間〉

林禹瑄 作

最後一次談及你
像告別一個終日暴雨的夏天
所有雨傘都長著哀傷的姿勢
寫一封長長的信
假裝有所經歷，有所寬慰
摺疊好的情緒裡
有更為明朗的語氣

談及你，最後一次
來到假期末尾，週日午後失眠
打破水杯，丟掉襪子、手機
關上門，徹底成為無用的人
想像遙遠的街上有人相遇

隔鄰有人離開
從此不再相見，拼湊一些故事
從此都有完整的輪廓
用黏好的杯子喝水
感到日子有所損漏
在我們小心摺疊的房間
最後一次拘謹、堅決
坐下來，敲打自己
找一個裂縫

【賞析】

這首詩寫一種在心裡向某人告別的心情。告別之前，那個重要而熾烈的人，他的生命，不完全是獨立的，他與「我」混合在一起。他或許是一個重要的伴侶，或許是一個心靈認可的人物，他像錨定住船一樣，把「我」的心靈定在一處。那個時候，說「我」或說「他」，並無太大的區別。

但後來發生一些事導至「我」決定向他告別，但這個告別並不是某月某日、在常常見面的那間咖啡館，見最後一面，說完全部的心事之後，約好不再聯絡。真正的告別，可能存在於某個獨處的時刻，「我」在心裡把他真正地放下，讓他走了，那才是真正的告別。

這首詩寫的便是這種告別的心情。告別是隆重的，所以要有長長的信，要小心整理，恢復房間的秩序。告別他以後，要恢復健康的生活，要有明朗的語氣，要有完整的輪廓。要在回憶起來的時候，對這段過往有個清楚的認識。告別以後，那個人可能就會變得跟路人相去不遠，這也是在告別的時候最難下的決定。

但仔細讀這首詩，不像在寫真正告別的那個時刻。詩中有太多的不捨、不忍，乃至最後用「坐下來，敲打自己／找一個裂縫」結束這首詩。「我」在自己身上敲出一個裂縫，等於是把原本說好的恢復平靜生活又破壞掉了。換句話說，這首詩雖是在寫心靈深處的最後一次告別，但客觀來說比較像是告訴自己要告別、但還沒到真正告別的那一刻。

真正告別的那刻來臨時，可能是沒有清楚的界線的，也可能完全沒有詩、沒有感覺。讀這首詩，讓我們讀到敏感的詩人對告別所做的努力，以及她在其中的傷心。

【作品出處】

此詩原發表於二〇一四年十月《創世紀詩雜誌》，曾入選二魚版《二〇一四臺灣詩選》，本書據《二〇一四臺灣詩選》收錄。

【作者簡介】 神神（1990-）

本名沈宗霖，新北市蘆州人。大學就讀成功大學歷史系、中文系，現就讀成功大學臺灣文學研究所。曾獲鳳凰樹文學獎、教育部文藝創作獎、林榮三文學獎等等。

〈失業狀態〉

神神　作

嬰兒時期的你
參加一場盛大的抓周
你錯過那些毛筆　算盤　鈴鼓　聽診器
只是抓住一縷空氣
空氣不斷散失
父親說：
「大概是想當一個細菌生態研究員吧」

畢竟只是一個小孩
因為寂寞對著電風扇說話
「你在幹嘛？」
「我在吃風啊」

你不知道長出喉結後
就是那樣變形的聲音
「你為什麼不賺錢？」
「我在喝西北風啊」

到後山挖出埋葬的作文
千篇一律的題目：「我的志願是……」
總統和太空人都被別人占走了
如果「自己」可以是一份職業

用巨大的報紙裹住身體
每天的求職欄在生命中錯過
曾經用紅筆拚命在「詩人」畫一個圈
那圈
成為最巨大的句點

【賞析】

此詩從小孩抓周寫起，寫一個人從小到大不被認可的自我認同。這首詩如果簡單地寫，可以說「我想做我自己，但我爸不同意」。然而，作者卻讓這種不同意，伴隨著成長持續存在。

詩中的「你」，在人生每個階段表達「我想做我自己」的時候，都被當成是玩笑。嬰兒時抓周抓空氣，父親不願意理解，說這孩子「大概是想當一個細菌生態研究員」。語帶嘲諷，但又看得出來父親對孩子有著世俗的期待。原本期待他成為讀書人（毛筆）、商人（算盤）、醫師（聽診器）之類，都落空後，仍要期待他是一個「研究員」。

後來，「你」從嬰兒成長為一個孩童，繼續抓「空氣」。他不被理解，對著電風扇講話，說自己在「吃風」。再大一些，到了青春期，「你」聲帶變粗，發出成熟大人的聲音，在父親眼中應該要說出長大的話了吧。但「你」用一種大人的口吻自嘲是「在喝西北風啊」。

「你」從小也寫過很多作文，但那種作文很多都是假假的話。〈我的志願〉這種題目，很多人都不負責任地寫下「總統」、「太空人」、「科學家」這種聽起來高人一等的職業。真正的高人一等，怎麼可以跟著大家一起當總統、一起擠太空船？「你」想在假話競賽中說真話，這樣才是真的是高人一等。只是說真話做自己，卻不被認為是一種嚴肅的自我認同，「自己」不能成為一份職業。

最後，「你」只好用「巨大的報紙」裹住自己。巨大的報紙意味著求職的焦慮，生活被焦慮充滿，好像全身都被求職包住一樣。「你」曾經在報紙的別的地方，拚命地用紅筆圈選出「詩人」。紅紅的圓圈像是句點，象徵從小到大對自我身分認同的最後結論。我要當詩人，我不要其他的身分。但是在大人眼中，以詩人為職業，等於沒找到工作，等於處在「失業狀態」。

〈失業狀態〉這首詩，幽默中帶著不羈，對自我認同的追求始終勇於堅持。其實每一個人不管文學程度如何，都可以是詩人。因為詩人說真話。那個說真話的自己，就是詩人的自己。

【作品出處】

神神的〈失業狀態〉，曾獲金車現代詩網路徵文獎優選，發表於二〇一六年九月廿九日《聯合報》副刊。本書據作者供稿收錄。

國家圖書館出版品預行編目（CIP）資料

臺南青少年文學讀本 現代詩卷 / 吳東晟主
編 . -- 初版 . -- 臺北市 : 蔚藍文化 , 2018.07
面； 公分
ISBN 978-986-95814-7-9（平裝）

863.51 107008233

臺南青少年文學讀本 現代詩卷

主　　編／吳東晟
顧　　問／陳益源
召 集 人／陳昌明
社　　長／林宜澐
總　　監／葉澤山
行政編輯／何宜芳、申國艷
總 編 輯／廖志墭
編輯協力／林月先、潘翰德、林韋聿
書籍設計／黃子欽
內文排版／藍天圖物宣字社

出　　版／臺南市政府文化局
地址：永華市政中心：70801臺南市安平區永華路2段6號13樓
民治市政中心：73049臺南市新營區中正路23號
電話：（06）6324453
網址：http：// culture.tainan.gov.tw

蔚藍文化出版股份有限公司
地址：10667臺北市大安區復興南路二段237號13樓
電話：02-7710-7864　傳真：02-7710-7868
臉書：https://www.facebook.com/AZUREPUBLISH/
讀者服務信箱：azurebks@gmail.com

總 經 銷／大和書報圖書股份有限公司
地址：24890新北市新莊市五工五路2號
電話：02-8990-2588

法律顧問／眾律國際法律事務所　著作權律師／范國華律師
電話：02-2759-5585　網站：www.zoomlaw.net

印　　刷／世和印製企業有限公司
定　　價／新台幣340元

初版一刷／2018年7月
ISBN 978-986-95814-7-9

GPN 1010700901
臺南文學叢書L102 2018-431